W0340941

DÖRLEMANN

Sandra Hughes

Fallen

Roman

DÖRLEMANN

Die Autorin und der Verlag danken für die Unterstützung.

Fachausschuss Literatur
Kanton Basel-Stadt Kultur
kulturelles.bl
Kanton Basel-Landschaft Bildungs-, Kultur- und Sportdirektion

Eine Zeitungsmeldung war Ausgangspunkt für diesen Roman, alle Handlungen und Personen sind frei erfunden.

Dieses Buch ist auch als DÖRLEMANN eBook erschienen.
ISBN 978-3-03820-929-4

Alle Rechte vorbehalten
© 2016 Dörlemann Verlag AG, Zürich
Umschlaggestaltung: Mike Bierwolf
Satz: Dörlemann Satz, Lemförde
Druck und Bindung: Theiss, St. Stefan, Österreich
ISBN 978-3-03820-029-1
www.doerlemann.com

Juli 2013

Bis später.

Sie wollte die Hand heben, kurz nur, so wie jeweils morgens um sieben, wenn sie mit nackten Füßen auf der Gummimatte vor der Haustür stand.

Machs gut.

Manchmal ließ er einen flüchtigen Kuss zu, wenn das Mädchen von nebenan noch nicht aus der Tür getreten war, die schreiende kleine Schwester hinter sich her zerrend.

Fahr vorsichtig, rief sie ihm nach, jeden Morgen, und im Spätherbst, pass auf, die Blätter. Gelbrot und braun lagen sie da, feucht verklebt zur rutschigen Fläche. Seit Lucas Sturz war sie froh, wenn er vor der Kurve bremste, bevor er aus ihrem Blickfeld verschwand. Mit schmerzverzerrtem Gesicht war er vor der Tür gestanden, blutrot die Striemen über Kinn und Wange. Nein!, rief er, ich bleibe nicht zu Hause, gib mir ein Pflaster, schnell.

Aber jetzt war kein Schultag, zu dem Luca hastig aufbrechen musste, es war Sonntag und Sommer. Ihre Hand blieb auf halbem Weg stehen. Luca fuhr bloß schnell zur Hauptstraße, Bargeld holen für die Reise. Sie schloss die Tür hinter sich. Im Flur stand sein leerer Rucksack. Luca sollte endlich seine Sachen packen. Nie packte er rechtzeitig, immer geschah alles in letzter Minute. Mama, rief er dann, wo ist meine blaue Turnhose? Und sie rannte in die Waschküche und rief: Kind, wie soll das mit dir enden, wenn deine Mutter nicht mehr da ist? Sie trafen sich grinsend wieder an der Haustür, er mit Zahnpasta in den Mundwinkeln und zerfledderten Heften, die er in die Schultasche stopfte, viel zu langsam. Hilfe, mein Kind ist ein Messie!, rief sie manchmal und war froh, wenn er auch lachte, während er die Turnhose nachschob und das Sandwich, das sie ihm jeden Morgen zubereitete. Wenige Tage nur war er ohne Sandwich zur Oberstufe gegangen. Dort isst keiner mehr Brote von der Mama, sagte er, sicher nicht. Mama, sagte er nach ein paar Tagen, ist okay, ein Brot, und seither lächelte sie manchmal morgens in sich hinein beim Schinkenschneiden.

Jetzt stupste sie mit dem Fuß gegen Lucas Rucksack. Da war etwas Hartes. Etwas hatte er schon eingepackt. Sie griff hinein, zog sein Necessaire hervor. Sie zögerte. Ihre Finger nestelten am Reißverschluss. Nein. Sie ließ den Beutel in den Rucksack fallen und dachte an das Notizbuch von Luca, das sie vor vielen Jahren zurückgelegt hatte, mit brennenden Wangen. MAMA IST BLÖD, hatte er in krakeligen Großbuchstaben geschrieben mit fettroten Stiften, PAPA IST LIB. Einen Totenkopf hatte er dazugezeichnet. Mama ist blöd, hämmerte es in ihrem Kopf, und wenn sie in den Wochen danach Luca tadelte, dachte sie: Jetzt denkt er, Mama ist blöd. Jetzt denkt er schon wieder, Mama ist blöd. Mama ist blöd.

Lucas Rucksack rutschte von der Wand, sie ließ ihn liegen, mitten im Flur. Soll Luca sehen, was er noch zu tun hat bis morgen früh. Um sechs Uhr würde er aus dem Haus gehen, auf seine erste Reise allein. Aber ja, hatte sie gerufen, als Luca vor Wochen von seinen Plänen erzählte, ist doch toll, wenn du allein in die Ferien fährst. Aber ich fahre nicht allein, sagte Luca, ich fahre mit Alain und Jonas. Sie hatte genickt und sich schnell erhoben, um in der Küche den Kloß zu schlucken, der plötzlich in ihrer Kehle drückte. Mein Kind allein, dachte sie und tupfte die Tränen weg, behutsam, um nicht mit roten Augen an den Tisch zurückzukehren.

Sie ging nochmals zurück zum Rucksack, um ihn so aufzurichten, wie ihn Luca platziert hatte. Etwas Schwarzes ließ sie aufschrecken. Es war ein Vogel, der aufflog, draußen vor der Tür. Ihr gefiel es, eine Haustür aus Glas zu haben, auf den Weg mit Kieseln zu blicken, der an ihrem Haus vorbeiführte, dahinter ein Streifen Magerwiese, ein Zaun zur Straße hin. Durch die Tür aus Glas sah sie bereits vom Flur her, wer davorstand. Am Mittag Luca, der ihr von Weitem bedeutete: Ich habe Hunger. Den Daumen mit dem stets zu langen Fingernagel nach oben: Test in Mathe gelungen. Manchmal aber erschreckten sie Krähen, schwarze Schatten, die aufflogen, und wenn es Nacht wurde, sah sie einen in der Dunkelheit hocken, der zu ihr hereinstarrte und beobachtete, wie sie den Wäschekorb die Treppe hochtrug.

Die Dielen knarrten unnatürlich laut, als sie durch den Flur ins Wohnzimmer ging. Es war so still. Wo war Jan? Ihr Herz klopfte heftiger. Sie wunderte sich. Noch nie hatte sie Jan im Haus vermisst. Sie wusste immer, in welchem Zimmer er sich befand, ohne dass sie es wissen wollte. Manchmal dachte sie: Ich will nicht wissen, wo er ist, ich tue so, als wäre ich allein im Haus. Noch nie war ihr das gelungen. Ihr Hörsinn richtete sich nach ihm und auf die Geräusche, die er machte. Das Schlurfen am Morgen vom Bett ins Badezimmer, die Spülung, später seine Hosenschläge, die sich beim Gehen an den Dielen scheuerten, ein Räuspern, die Tür zur Terrasse, wenn er sie hinter sich zuzog, damit kein Rauch ins Haus wehte. Neunzehn Jahre teilte sie Räume mit Jan. Da, sein Husten, er war oben im Zimmer. Luca ist zum Bankomaten gefahren, rief sie, er ist gleich wieder zurück. Wie dumm von mir, dachte sie, als würde Jan auf Luca warten, als wäre es eine Bemerkung wert, wenn einer schnell zum Bankomaten fährt. Sie ging in die Küche. Schon wieder lag das klebrige Schneidebrett im Spültrog. Wieso räumte das Kind sein Schneidebrett nie weg? Kind, dachte sie, Kind kann ich nicht mehr sagen, das Kind fährt morgen nach Spanien ohne mich. Sie atmete tief ein und wieder aus.

Aber du musst doch keine Angst haben, Mama, hatte Luca gesagt. Wir passen auf.

Sie spülte den Aprikosensaft vom Schneidebrett und stellte es ins Gitter zum Trocknen. Von Jan oben im Zimmer war keine Reaktion gekommen. Jan schaute Autorennen, wie immer im Sommer am Sonntagnachmittag. Die beste Erholung, sagte er, als Luca sich noch lustig machte. So entspannend, ein bisschen dösen und von ferne hören, wie die Fahrer im Kreis drehen.

Sie trocknete die Hände, polierte den Spültrog, ging ins Wohnzimmer. Staub flirrte im Sonnenlicht. Sie setzte sich aufs Sofa. Ich sehe dem Staub zu, dachte sie, dabei könnte ich etwas tun. Was nur. Es gab nichts zu tun, für heute war außer Kochen alles erledigt. An einem Sonntag kurz nach siebzehn Uhr mit Kochen zu beginnen, war zu früh. Absurd, den schönen Spätnachmittag in der Küche zu verbringen, wo doch gar keiner da war, der Hunger hatte. Sie spürte einen Stich. Wer hatte denn hier noch Hunger ab morgen, wenn Luca verreist war. Keiner mehr vor der Glastür draußen, der sich den Bauch rieb. Hallo Mama, was gibts heute zum Mittagessen? Nur noch sie und Jan, die vor ihren Tellern saßen. Drei Wochen sie beide ohne Luca. Zehn Tage davon wollten sie in die Ferien fahren. Ferien ganz für uns allein, hatte Jan gesagt und sie prüfend angeschaut, als sie den Umschlag öffnete, freust du dich denn gar nicht? Doch doch, sagte sie und spürte wieder diesen Kloß in ihrer Kehle, sehr, zehn Tage Toskana, wie schön. Schau, hatte Jan gesagt und ihr die Dokumente aus der Hand genommen, hier logieren wir. Sie sah Olivenbäume und Zypressen und strahlend blaues Wasser im Swimmingpool. Hier werden wir es uns gut gehen lassen, sagte Jan, und sie dachte: Hier logieren wir, wie komisch er manchmal redet, logieren, gut gehen lassen. Wie schön, wiederholte sie und dachte: Ich wiederhole mich.

Sie erhob sich vom Sofa, öffnete die Glastür zum Gartensitzplatz. Heiße Luft schlug ihr entgegen. Ich könnte lesen, aber nicht in dieser Hitze da draußen. Sie schloss die Tür wieder und sah einer Meise zu, die auf der Hecke wippte. Das Mädchen von nebenan schrie draußen seine Schwester an, sie hörte es durch geschlossene Türen und Fenster. Eine Schwester, dachte sie und spürte wieder einen Stich, wenn Luca eine Schwester hätte, wäre ich ab morgen nicht allein.

Aber was denkst du denn. Du bist nicht allein. Jan war hier und Luca blieb, auch wenn er für drei Wochen wegfuhr. Danach würde er wieder mit ihr und Jan sein. Die spinnt, sagte sie zur Meise draußen und tippte sich an die Stirn, so ein wehleidiges Getue. Ich muss etwas tun. Sie setzte sich auf das Sofa, nahm das Buch zur Hand, suchte die Stelle, an der sie unterbrochen hatte. Zu viele Figuren spielten hier mit. Seit Wochen mühte sie sich mit dieser Geschichte ab, darauf bedacht, den Überblick zu behalten. Sie sah auf ihr Handy. 17.20. Luca müsste zurück sein, zum Bankomaten an der Hauptstraße war es nicht weit. Vielleicht hatte er noch jemanden getroffen, den er kannte. Sie wandte sich wieder dem Buch zu. Früher hatte sie Stunden am Stück gelesen, gedankenlos, einzig dem Film folgend, der sich in ihrem Kopf abspielte. Sie hörte nichts, wenn ihre Mutter sie ansprach oder die Wohngenossinnen oder später Jan. Kein Ton drang von außen zu ihr vor, sie hörte bloß die Stimmen der Figuren in ihrem Kopf. Jetzt war nichts mehr davon übrig. Ein Tropfen Schweiß löste sich von ihrer Stirn, fiel auf Seite 83. Sie klappte das Buch zu. Erhob sich, ging in die Küche. Nahm einen Apfel aus der Schale, legte ihn zurück. Ging ins Wohnzimmer, blickte wieder auf ihr Handy. 17.26. Eine Nachricht könnte er wenigstens schreiben. Bin in fünf Minuten zu Hause. Sie spürte, wie ihre Ohren warm wurden. Was ist denn mit deinen Ohren, Mama, sie sind ganz rot, hatte Luca vor Jahren gefragt und gelacht, aber nur kurz, weil sie zu schreien begann, plötzlich voller Wut. Später hatte sie sich entschuldigt, er sich auch. Es tut mir leid, ja, mir auch.

Sie ging vom Wohnzimmer in die Küche und wieder zurück zum Handy. Nur eine Nachricht tippen für mich, das ist nicht zu viel verlangt, so viele Male habe ich ihn darum gebeten. Luca, hatte sie gesagt, wenn er wieder zu spät war, ich denke mir solche Sachen aus, wenn du nicht zur Zeit da bist. Aber ich kann doch nicht immer zur Zeit hier sein, Mama. Dann schreibst du mir eine Nachricht, verdammt!, rief sie, und Luca streifte sie mit einem Blick, mit dem er sie noch nie angesehen hatte. Verächtlich. Mama, sagte er, du musst Vertrauen haben. Und schrei mich nicht an.

Wo bist du?, schrieb sie jetzt. Ist alles in Ordnung bei dir?

Sie zögerte. Sollte sie »senden« tippen oder nicht? Was, wenn er nicht zurückschrieb? Dann würde ihre Sorge wachsen, dabei beachtete er einfach sein Handy nicht, weil er anderes zu tun hatte, Besseres, mit einem Kollegen reden, Pommes Chips kaufen im Minimarkt am Bahnhof, der sonntags offen war. Das ist es, dachte sie, plötzlich beruhigt, er kauft Chips im Minimarkt am Bahnhof. Wie blöd von mir. Mama ist blöd, dachte sie und lachte auf. Sie setzte sich auf das Sofa und nahm das Buch. Ich sollte ihn anrufen, durchzuckte es sie, wieso bin ich nicht gleich darauf gekommen. Ein Anruf bloß und seine Stimme hören, die sie am Telefon noch immer irritierte, so tief männlich tönte Luca. Der helle Klang war für immer verschwunden. Manchmal hörte sie ihn noch, wenn Jan Luca ins Zimmer folgte wie früher, mit stampfenden Schritten so tat, als würde er ihn vor sich herjagen. Mach, dass du ins Bett kommst, hoho, dröhnte er dazu wie damals, als Luca sich quietschend vor Angst und Vergnügen ins hohe Ritterbett rettete, um dem Monster zu entgehen.

Wieso habe ich nicht gleich angerufen, dachte sie und tippte das Feld für »Luca« an. Sie wusste sofort, warum. Weil es ins Leere klingelte. Nie nahm Luca einen Anruf an. Der Teilnehmer ist momentan nicht erreichbar. Sie sprang vom Sofa, das Buch fiel zu Boden. Jan!, rief sie und eilte durch den Flur zur Treppe, nahm zwei Stufen aufs Mal, hinauf zu Jans Zimmer. Motoren dröhnten, noch immer drehten die Fahrer Runde um Runde. Jan? Er schreckte vom Bett hoch, die Augen gerötet vom Schlaf, die Haare zerzaust. Jan, sagte sie, Luca sollte längst zu Hause sein. Was, sagte Jan, ist denn schon Zeit zum Gehen? Welche Zeit zum Gehen, sagte sie, Luca kommt nicht. Entschuldige, sagte Jan und rieb sich die Augen, ich habe geträumt. Was ist denn mit Luca, wo ist er? Das weiß ich ja eben nicht!, rief sie von oben auf ihn herab. Er lag noch immer, er sollte endlich aufstehen und etwas tun, dauernd dieses Herumgeliege. Sie drückte den roten Knopf, um die Fahrer auf ihren Runden zu stoppen. Er erhob sich ächzend. Wie ein alter Mann, dachte sie und sagte: Luca ist zum Bankomaten gefahren, es ist jetzt eine Dreiviertelstunde her. Bestimmt ist er bei Alain oder Jonas, vielleicht hat er jemanden getroffen, hat er sich gemeldet? Eben nicht!, rief sie, du weißt doch, dass Luca sich nie meldet. Kennst du denn deinen Sohn nicht? Dann hast du ihm sicher geschrieben, sagte Jan müde. Nein, sagte sie, ich habe Angst, dass er meine Nachricht nicht beantwortet. Sie hörte sich zu und dachte, die spinnt, und er ging an ihr vorbei ins Badezimmer. Sie stand mit hängenden Armen und roch den Geruch nach Schweiß und Schlaf, den er hinterließ. Jan. Sie ging ihm nach. Kannst du mich bitte fest halten, nur kurz. Auch für länger, sagte er. Sein Brustkorb dröhnte schön. Wenn sie ihren Kopf an ihn gelehnt hielt, konnte sie das Rasseln in seinen Bronchien hören. Er sollte endlich das Rauchen lassen. Er schleimt zu, von innen her könnten sich harte Klumpen bilden, ihm Hirn und Herz blockieren. Er könnte umfallen, von einer Sekunde auf die andere, tot. Jan, sagte sie in plötzlicher Panik und wand sich aus seinen Armen, um ihm in die Augen schauen zu können, hör endlich mit Rauchen auf. Er wandte sich ab und zog das T-Shirt über den Kopf. Nie sagte er etwas, wenn sie vom Rauchen sprach, und jetzt nahm er eine Dusche. Sie ging alleine wieder die Treppe hinunter.

Wo bist du, ist alles in Ordnung bei dir?

Sie drehte eine Runde im Wohnzimmer und

schickte die Nachricht ab. Bestimmt würde Luca sich bald melden. Die Meise draußen im Garten hüpfte über den Tisch. Sie musste sich die Füße verbrennen auf dem heißen Metall. Füße, haben Meisen Füße? Sie sah auf ihr Handy. 17.42. Sie setzte sich auf das Sofa, sah die Fotoalben, die sich im Bücherregal aneinanderreihten, blau, rot, orange, gelb und grün. Ich könnte mir Fotos anschauen. Luca, hatte sie kürzlich gesagt, als Luca Fieber hatte und nicht zur Schule ging, Luca mit zu viel Zeit zu Hause, gelangweilt auf dem Sofa liegend: Wollen wir alte Fotos anschauen? Welche alten Fotos? Alte Fotos von dir. Sicher nicht, hatte Luca gesagt, ich bin doch nicht tot. Nur von Toten schaut man alte Fotos an.

Sie griff nach dem blauen Buch. Luca als Baby: frisch geboren auf Jans Arm, auf der Stirn einen Streifen Blut, den die Hebamme beim Waschen nicht weggewischt hatte. Luca im Plexiglasbettchen neben ihrem hohen Spitalbett liegend. Stundenlang hatte sie ihm beim Schlafen zugesehen: die abgespreizten Fingerchen, einem Fächer gleich, das Verziehen der Lippen, die feinen Tönchen, die er von sich gab, mit zuckenden Lidern im Traum. Wieso weinst du, hatte Jan gefragt, als er sie besuchen kam und neben ihr saß, Luca im Arm. Weil es so schön ist. Weil Luca da war, mit zehn Fingerchen und zehn Zehen, passenden Nägelchen, dazu Hirn und Verdauung, zarte Haut und ein Grinsen, das tiefrotes Zahnfleisch entblößte.

Sie blätterte. Hier Luca auf der blauen Decke, von ihr gestrickt. Was, du strickst, hatte Jan gesagt, so kenne ich dich gar nicht. Ja, hatte sie gesagt. Hier Luca auf dem Schaffell, das Ärmchen gestreckt, den Blick auf das runde Ding vorne fixiert, das seine Faust war. Später reckten sich aus der Faust Fingerchen, es schien, als würde er sie zählen, eins zwei drei vier fünf. Hier Luca auf dem Wickeltisch in frischen Windeln, mit Schalk in den Augen.

Weißt du noch, sagte sie zu Jan, der mit tropfenden Haaren das Wohnzimmer betrat. Ja, sagte Jan, wie er sich freute, wenn er uns anpisste. Anpisste, dachte sie, ist Pissen das richtige Wort für ein Baby? Manchmal ist er so grob. Sie rückte ein wenig weg, als Jan ihr in den Nacken fasste. Er zog seine Hand zurück, ging zur Tür, die in den Garten führte. Was gibt es zum Nachtessen? Ihr Herz verkrampfte sich, sie schloss das Album, stellte es zurück ins Regal. Fahr bitte schnell zum Bankomaten. Jan stand draußen unter dem Sonnenschirm und sprach mit der Meise, die ihn von der Hecke aus beäugte. Er redet mit einem Vogel, und Luca ist noch immer nicht zurück. Sie schnellte vom Sofa hoch. Du musst ihn suchen!, rief sie in den Garten, schnell! Jan wandte sich ihr zu, den Rauch ausblasend, mit hochgezogenen Brauen. Wo suchen? Willst du nicht einfach Alain und Jonas anrufen, wenn es denn sein muss? Wenn es denn sein muss. Der leise Hohn in seiner Stimme klang in ihr nach, während sie die Nummer von Alains Familie wählte. Niemand da. Diese Leute waren zusammen im strahlenden Sonnenlicht unterwegs, während sie hier im staubigen Wohnzimmer saß und den Rauchwolken nachschaute, die ihr Mann draußen in die Luft blies. Ihre Ohren wärmten sich am Telefonhörer. Auch bei Jonas zu Hause ging keiner ans Telefon. Jan!, rief sie und stürzte in den Garten, tu etwas, nie tust du etwas! Er drückte die Zigarette im Aschenbecher aus, sie qualmte noch, wie immer. Nie drückte er eine Zigarette so aus, dass sie nicht mehr glimmte. Als wären seine Finger zu schwach, als wäre Rauchen so anstrengend, dass einem danach die Kraft fehlte, die Glut zu löschen. Jan, sie hustete, gereizt vom Rauch, der ihr in der Kehle brannte, ich habe Angst. Er schluckte das, was er sagen wollte, sie sah kurz seinen geblähten Hals, dann zündete er sich eine neue Zigarette an. Wovor? Dass Luca, sie stockte, ich weiß es nicht. Vera, er machte einen Schritt auf sie zu, umfasste sie mit einem Arm für den Bruchteil einer Sekunde. Vera, sagte er mit dieser Stimme, als wäre sie geistig umnachtet: Wie oft schon hattest du Angst um Luca? Sehr oft, er wusste es. Sie sah sie täglich, die gefährlichen Gleisübergänge und Schienen der Straßenbahn, Fallen für schmale Fahrradreifen. Früher war es ein Schritt zu viel an der Klippe, den sie fürchtete, ein Ball, der auf die Straße rollte. Sie wusste um betrunkene Autofahrer, Ringe im Turnen, an denen schweißnasse Hände abrutschten, Trainer im Sport, die sich an jungem Fleisch vergriffen, ein gleichgültiges Mädchen, das Lucas Zuneigung nicht wollte. So viel konnte Luca zustoßen.

Siehst du, sagte Jan, er ist noch immer nach Hause gekommen. Herrgott, manchmal ist er einfach später, nicht alle folgen deinem Fahrplan. Herrgott. Sie stolperte über das neue Wort. Sein

Blick, ungeduldig, der Arm längst wieder zurückgezogen. Ihr Fahrplan. Der alte Vorwurf, tausend Mal gehört, immer derselbe Schlag ins Gesicht. Dein Fahrplan. Nicht alle folgen deinem Fahrplan. Mit einem Kloß in der Kehle kehrte sie ins Haus zurück. Jetzt nicht weinen. Huhuu, rief Jan dann, jetzt ist sie wieder verletzt, die Lady Vera, und was ist mit mir?

Sie ging die Treppe hoch ins Badezimmer. Es dampfte noch von Jans Dusche. Jan duschte kochend heiß auch im Hochsommer. Feuerrot war sein Rücken, trotzdem lehnte sie sich manchmal an ihn, frühmorgens im Badezimmer, bevor sie aus dem Haus eilten.

Jetzt ließ sie lange kaltes Wasser über ihre Unterarme fließen, kühlte das Gesicht. Im Spiegel schaute ihr Vera entgegen. Man sieht dir die fünfzig Jahre nicht an, sagten manchmal Leute, die sie neu kennenlernte. Ach ja?, sagte sie dann und stellte sich später zu Hause vor den Spiegel. Wie nett die Leute logen. Natürlich sah man ihr die fünfzig Jahre an. Diese großen Poren und Schlupflider und hängenden Halspartien, selbst die Ohrläppchen legten sich in Falten. Jan hatte gelacht, als sie ihm von dieser Entdeckung erzählte. Jan, hatte sie gesagt, auch die Ohrläppchen zerfallen, kein Witz.

Sie zog das Gesicht mit den Fingern straff, ihr Lieblingsspiel vor dem Spiegel, so tun, als wäre nichts schlaff, und mit gespannten Lippen etwas sagen. Eine blasse Vera zeigte ihre Fratze. Dann gehe ich ihn suchen, sagte sie. Sie rannte aus dem Badezimmer und die Treppe hinunter, streifte in der Garderobe die Sandalen über. Lucas Rucksack war gekippt, sie richtete ihn wieder auf. Luca kommt bald und füllt dich, sagte sie und zuckte zusammen, als draußen vor der Tür ein Vogel vorbeiflog. Ich rede mit einem Rucksack, dachte sie und zog die Sandalen wieder aus. Wie blöde von mir, aufs Fahrrad steigen und wohin fahren, zum Bankomaten? Und wenn Luca dort stand und mit Kollegen redete, die er getroffen hatte, was sollte sie sagen? Komm nach Hause, Luca, das Nachtessen ist fertig. Sie sah ihn vor sich, wie er kurz das Kinn heben würde zum Gruß, dann den Blick von ihr abwenden. Mama ist blöd, sie fährt Fahrrad dorthin, wo ich mit Kollegen stehe, sicher nicht geht das. Sicher nicht!, würde er später am Tisch rufen. Mir hinterherfahren, wie bescheuert ist das denn? Dazu Jan, der mit distanziertem Blick Salatblätter in den Mund schieben würde, sorgfältig gefaltet. Nein. Sie stellte die Sandalen wieder neben Jans Schuhe, die ausgetreten waren, die Schnürsenkel lösten sich in Fasern auf. Wie bei einem Kind, dachte sie. Ich muss jetzt kochen und aufhören, an Luca zu denken. Sie ging in die Küche. Jan lag draußen auf der Liege, sie sah sein Knie über den Rand ragen, wenn sie vom Gurkenschneiden aufschaute. Aus dem Radio die aktuellen Staumeldungen. Ein Blick aufs Handy neben dem Schneidebrett, 18.21. Keine Nachricht von Luca. Es klingelte an der Tür. Ihr Herz hüpfte. Luca, endlich. Sie ließ das Messer fallen, wischte die Finger am Tuch, bevor sie in den Flur hinauseilte. Hinter der Glastür zwei Gestalten, Männer, nicht Luca. Männer in Blau, beide gleich angezogen. Polizisten. Jan. Ein Krächzen aus ihrer Kehle, sie ging weiter durch den Flur, auf die Männer zu, die zu ihr hereinschauten. Ihr Herz pochte im Hals. Sie senkte die Türfalle, öffnete. Frau Gerber? Sie nickte, der Mann sagte etwas, sie verstand ihn nicht, das Brausen in ihren Ohren überdeckte es. Luca?, flüsterte sie. Der Mann nickte mit ernstem Gesicht, der andere Mann sagte etwas, Krankenhaus, verstand sie und schrie. Jan! Sie taumelte durch den Flur. Er schoss von der Liege hoch, als sie die Gartentür aufriss. Luca ist im Krankenhaus! Sie klammerte sich an seine Hand, als sie durch den Flur wankte, zurück zur Tür, halb gezogen von Jan. Vor dem Bankomaten, verstand sie, als Jan mit den Polizisten sprach, vor dem Bankomaten wurde er gefunden. Liegend. Luca! Sie rannte Richtung Garage, etwas schmerzte an den Füßen. Jemand fasste sie von hinten. Vera. Jan umfasste sie mit beiden Armen. Lass mich. Sie entwand sich und rannte weiter, er packte sie von Neuem. Komm zurück. Luca!, schrie sie, ich will zu ihm! Der Mann in Blau redete, sie verstand nichts, sie wollte zum Fahrrad, aufsteigen, losfahren. Hände hielten ihr ein Glas Wasser hin. Jan kniete vor ihr, er zog ihr Sandalen an, dann ging sie an seinem Arm. Die Knie knickten ihr weg. Einer der Männer kam und schob sie in ein Auto. Es roch schlecht. Kann ich, sagte sie und rülpste, Entschuldigung. Etwas Warmes floss ihr über das Kinn. Jan putzte an ihr herum. Soll ich frische Kleider holen? Ich will zu ihm, flüsterte sie und schluckte, was Jan ihr in den Mund schob, es war bitter. Der Wind kühlte ihr Gesicht, neben dem

Polizisten glitten Häuser vorbei. Sie fuhren. Es stank hier, und Sätze dröhnten in ihren Ohren. Kein Auto, das Luca angefahren hatte, kein Sturz vor die Straßenbahn, bloß gelegen vor dem Bankomaten. Mehr wissen wir noch nicht, sagte der Polizist von vorne. Ein Mann hatte Luca gefunden und den Notruf gewählt. Mehr wissen wir noch nicht. Die Worte hakten sich in ihrem Hirn fest, während sie fuhren, die Stille ab und zu unterbrochen von Stimmen vorne im Funk. Wie lange es dauerte, ins Krankenhaus zu fahren. Noch nie fuhr sie ins Krankenhaus, nie war jemand krank. Kein Beinbruch, nichts. Wie gesund wir sind. Nie etwas Ernsthaftes. Ihr Herz krampfte sich zusammen. Ist es ernsthaft? Der Polizist vorne drehte sich um und sagte: Mehr wissen wir noch nicht. Jan hielt ihr das Fläschchen mit Mineralwasser hin. Trink. Sie wollte kein Wasser, sie wollte zu Luca, sofort. Bestimmt war es nichts Ernsthaftes. Wieso lag Luca neben dem Bankomaten, hatte ihn jemand zusammengeschlagen? Sie zupfte den Mann vorne am Ärmel. Lass, sagte Jan und fasste sie an der Schulter. Sie ließ sich in den Sitz zurückfallen. Sie wissen noch nicht mehr, sagte er. Jan, flüsterte sie und umklammerte seine Hand. Sie war kalt. Draußen flogen Bäume und Häuser und Menschen in kurzen Hosen vorbei. Bitte kommen, schnarrte es im Funk. Sie schloss die Augen, lehnte den Kopf an Jans Schulter und schluckte, schluckte immer wieder, um die Säure in ihren Hals zu vertreiben. Das ist es, dachte sie, das ist das, wovor ich immer Angst hatte. Männer in Blau vor der Glastür, die zu mir hereinschauen und mir etwas sagen wollen, und ich renne durch den Flur zurück zur Gartentür und in den Garten, von dort das Sträßchen hinauf, immer weiter, bis zu den Feldern und von dort in die Wälder, ich renne schreiend mit den Fingern in den Ohren, weil ich es nicht hören will.

Wir sind da, sagte Jan und löste seine Hand aus der Umklammerung. Die Tür auf ihrer Seite wurde geöffnet, der Polizist streckte den Arm entgegen. Draußen war es heiß und hell. Jan stützte sie beim Gehen, sie folgten den beiden Polizisten. Menschen in Morgenmänteln standen im Schatten beim Eingang und rauchten, einer hielt sich am Ständer mit Plastikbeuteln fest, der neben ihm stand. Raucher, dachte sie, wie Jan. Ihre Knie wurden weich, als sie die Eingangshalle durchquerten. Der Geruch hier. Die Kälte. Die Polizisten gingen voraus mit einer Frau, deren Namen sie nicht verstanden hatte. Im Fahrstuhl starrte sie auf die Ziffer über der Fahrstuhltür. Im ersten Geschoss stoppte der Aufzug. Jan zog sie in den neonhellen Flur. Große graue Lettern an der Wand gegenüber. Notfall. Ihr Herz raste, wieder dieses Brausen in den Ohren. Bewahre uns vor dem Bösen, betete sie, bitte, lieber Gott. Sie ging den Polizisten und der Frau hinterher. Wo war Luca? Zwei Frauen in Weiß weiter vorne im Flur, die zur Seite traten, auf die offene Tür wiesen. Sie betrat das Zimmer, an Jans Arm geklammert. Ein Bett. Geräte. Eine dicke weiße Decke. Sie ging näher. Sie sah sein graues Gesicht, Schläuche in Mund und Nase. Violette Ringe unter den geschlossenen Augen. Ein Arm über der Bettdecke, Kanülen verschwanden im weißverklebten Handgelenk. Etwas piepste. Luca, flüsterte sie und sank auf die Decke. Hände packten sie, hielten sie zurück. Ganz ruhig, Frau Gerber. Sie wollte ihm nur die Finger wärmen. Mein Kind. Sie wurde aus dem Zimmer geschoben. Luca, wimmerte sie, auf ein Waschbecken gestützt. Kaltes Wasser kühlte ihre Arme, die Frau war auch da, sie konnte sie im Spiegel sehen. Ihr Sohn braucht Ruhe, sagte der Mann, der nun vor ihr saß, neben ihr die Frau und Jan. Sie wollte etwas fragen. Der Mann redete viel. Dr. E. Ludwig las sie auf dem Schild, das über seiner Brusttasche hing. EKG, verstand sie, Computertomogramm und Röntgen. Sein Gesicht war von rot entzündeten Pickeln übersät, einer war eitrig gelb. Sie spürte wieder einen bitteren Schwall in sich hochsteigen und erhob sich. Eine Hand fasste nach ihr und zog sie auf den Stuhl zurück. Jan redete mit dem Mann. Eine definitive Diagnose, sagte der Arzt, können wir noch keine machen. Sein Gesicht war ganz nah vor ihr, als er aufstand und ihr die Hand reichte. Sie starrte auf den gelben Punkt auf seiner Wange. Alles Gute, Frau Gerber, sagte er, es braucht Geduld, viel Geduld. Sie sah die Frau mit den groben Händen dort sitzen, wo vorher der Mann gesessen war, ihre Lippen öffneten und schlossen sich, aber kein Ton war zu hören, das Brausen im Kopf war so laut. Jan steckte eine kleine Schachtel ein. Er bedankte sich und sagte, dass er seine Frau nun nach Hause bringen wollte. Nicht nach Hause. Sie schüttelte den Kopf. Du kannst ihm jetzt nicht helfen, sagte

Jan, und die Frau nickte und begleitete sie auf den Flur und an allen Zimmern vorbei. Hier lag Luca, oder hier. Lärm von hinten, ein Bett wurde an ihnen vorbeigeschoben. Sie sah eine hohe Bettdecke und Plastikbeutel über dem Kopfende baumeln. Gestalten in Weiß verdeckten Luca. Warte!, wollte sie rufen, ich komme mit dir, aber dort rollte nicht Luca fort, es war ein Fremder. Alles Gute, Frau Gerber, sagte die Frau, dann schlossen sich die Fahrstuhltüren. Die Polizisten waren weg. Ein Stockwerk tiefer stieg sie aus und ging durch die Halle, Jans Hand unter ihrem Arm. Am Empfangsdesk sah sie eine junge Frau stehen, schön geflochten glänzte ihr blonder Zopf auf der Schulter. Sie richtete den Blick auf den Boden. Dann schlug ihr die Hitze entgegen. Sie war draußen vor der Tür und atmete Rauch ein. Rundum standen Leute in Morgenmänteln, einer klammerte sich an den Ständer mit den Plastikbeuteln. Jan stellte sich neben ihn und zog an seiner Zigarette. Sie taumelte und machte einen Schritt zur Seite, würgte. Eine kleine Flasche schob sich in ihr Blickfeld, eine alte Hand dazu, knotig blau geädert. Trinken Sie, ist sowieso gleich fertig. Ist sowieso gleich fertig, dachte sie und schaute dem alten Mann zu, der seine Zigarette im Aschenbecher ausdrückte. Tabakkrümel quollen aus dem Stummel, der Filter knickte unter energischen Fingern ein. Der alte Mann lächelte ihr zu, die Zähne gelb hinter den trockenen Lippen. Zwei Frauen stießen Rauch aus und nickten, trinken Sie, das tut Ihnen gut. Sie drehte den Verschluss zwischen den Fingern hin und her. Wo war Jan? Ihre Knie zitterten, sie wollte hier weg. Sie müssen trinken, rief der alte Mann, als Jan sie wegführte, er roch nach Zigaretten. Der Hase, sagte sie, ich hätte ihm seinen Hasen mitbringen sollen. Schnell, fahren wir, ich muss den Hasen holen, und Hosen und T-Shirts für Luca, Unterhosen und Socken, wir haben nichts mitgebracht für ihn, wieso? Sie sah sich um. Womit fahren, wie schnell nach Hause gelangen und packen für Luca, damit er etwas anziehen konnte, wenn er. Wenn er wieder aufwachte. Sie sah ihn. Wie er die Augen aufschlug, langsam und mit äußerster Mühe. So wie frühmorgens, wenn sie sein Zimmer betrat. Aufstehen, Luca, die Dusche ist frei, im Badezimmer ist es schön warm. Luca!, rief sie nochmals, wenn sie unten in der Küche stand, aufstehen! Stress nicht, Mama, maulte er dann, seine Stimme heiser und ungehalten, stress nicht schon wieder. Es ist jetzt fünf vor! Ihre alltägliche Drohung, die abprallte an Luca. Mama, es reicht. Aber sie sagte es trotzdem immer wieder, aus Sorge darüber, dass es nicht reichte, dass er hetzte, weil er zu spät war, stürzte, sich verletzte. Mama!, rief Luca, es reicht!

Vera, das Taxi ist da. Das war Jan. Sie ließ sich von ihm auf den Rücksitz helfen. Nein, kein Wasser vor der Fahrt, schnell nach Hause. Jan setzte sich neben sie und öffnete die Fenster einen Spalt breit. Alles an ihr war bleischwer, sie sank in den weichen Sitz und legte den Kopf an Jans Schulter. Schloss die Lider über ihren brennenden Augen. Schluckte, um die bittere Galle in ihrer Kehle zu vertreiben. Luca. Dort vorne, sie sah ihn. Dort vorne rannte er, sie kannte seine Schritte, die leicht nach außen gebogenen Waden. Sie waren nackt, der Oberkörper auch, Luca in der Badehose und mit nackten Füßen, wo wollte er hin? Halt!, rief sie, anhalten! Der Fahrer fuhr weiter, ohne auf sie zu hören. Sie öffnete die Tür und den Gurt, der sie sicherte. Jan schaute nicht hin, sie sprang aus dem Auto und landete weich im Gras, rappelte sich auf, rannte und rief. Luca, warte! Er war viel schneller, sie sah ihn kleiner werden, er erreichte schon den See. Sie keuchte hinterher, ihr Herz hämmerte heftig. Hier endlich der See. Luca ein Punkt weit draußen, er winkte. Mama, komm! Sie streifte Sandalen und Shirt ab. Der Sprung ins kalte Wasser nahm ihr kurz den Atem, dann drehte sie sich auf den Rücken und blickte zurück. Wo ist Jan? Jan, schrie sie, hier! Rotviolett spiegelte sich der Abendhimmel im Wasser, sie konnte das Taxi mit Jan nicht mehr sehen. Jan, keuchte sie, komm doch. Ganz weit glänzte etwas Weißes. Das Taxi fuhr dem Ufer entlang. Sie drehte sich auf den Bauch. Luca? Keine Bewegung über dem Wasser, sanftes Kräuseln nur von Wellen. Sie begann zu kraulen, das Gesicht wurde steif vom kalten Wasser. Mit großer Mühe nur konnte sie die Arme heben, links, rechts, links, rechts, um sich vorwärtszubringen, dorthin, wo Luca sein musste. Die Beine schleppte sie mit, ohne noch paddeln zu können. Nutzlos hingen sie an ihr und zogen sie in die Tiefe. Luca, wollte sie rufen, aber ihr Gesicht war schon halb unter Wasser, sie gurgelte bloß noch. Das Wasser erreichte ihren Scheitel, kalte Nadeln stachen bis ins Hirn. Sie schloss die

Augen und öffnete sie wieder, als sie an etwas stieß. Luca. In grüngelbem Licht schwebte er vor ihr im Wasser. Er bewegte sich, er lebte. Aber seine Schläfe sah aus, als hätte sie jemand mit einem Schuss durchbohrt. Aus dem Loch wucherte ein korallenrotes Gebilde mit feinen Verästelungen. Daran knabberte ein silberner Fisch mit spitzen Zähnen, bis es blutig aus den Äderchen quoll. Der Saft verdunkelte das Wasser, sie sah nichts mehr und griff ins Leere. Hier war Wasser und kein Luca. Es wurde heller, jemand holte sie nach oben ans Licht. Aber Luca auch!, schrie sie. Vera, sagte Jan, alles ist gut. Wie früher, als er sie nach schlechten Träumen in die Arme nahm. Ganz ruhig, alles ist gut. Sein warmer Atem an ihrem Ohr, die Brusthaare, die sie in der Nase kitzelten. Veramia, hatte er mit rauer Stimme geflüstert und sie da fester gefasst, wo ihr Fleisch am weichsten war.

Ganz ruhig, sagte jetzt jemand. Es war Jan, und sie war nicht Veramia in dunkler Nacht, sie war Vera am Abend. Es war Sonntag und Sommer, die Leute draußen auf der Straße gingen noch immer leicht bekleidet und lachten. Sie wussten nichts davon, dass nichts mehr gut war.

Sie hob den Kopf von Jans Schulter, der Nacken schmerzte. Ihr schwindelte, als sie versuchte, sich aufrecht hinzusetzen. Trink, sagte Jan und öffnete die Flasche, die sie noch immer umklammert hielt. Sie sah die knotig blau geäderte Hand vom alten Mann, wie sie die Zigarette im Aschenbecher zerquetschte, sein Grinsen mit gelben Zähnen: Ist sowieso gleich fertig. Sie schüttelte den Kopf. Jan wandte sich ab und schaute aus dem Fenster. Jan, sagte sie und legte ihre Hand auf sein Bein. Er schaute aus dem Fenster, sie nahm die Hand weg und schaute auch aus dem Fenster, zuerst aus seinem, dann aus dem auf ihrer Seite. Jan, sagte sie, hat Luca? Er starrte weiterhin auf die grauen Häuser, die vorbeizogen. Hatte Luca einen Hirnschlag? Die Wucht des Wortes traf sie unvorbereitet. Sie biss in ihren Handballen, um nicht zu schreien. Nicht, sagte Jan und nahm ihr die Hand aus dem Mund. Sie können noch keine definitive Diagnose machen. Er redete von Doktor Ludwig und dem, was der Doktor ausgeführt hatte. Sie sah den Pickel vor sich. Der Mann weiß nichts, unterbrach sie. Jan schaute aus dem Fenster, sie biss sich und dachte, wenn ich jetzt nicht gleich hier rauskann, dann ist fertig. Sie schloss die Augen. Schreckte auf, als ihr Kopf baumelte. Der Wagen hatte angehalten. Endlich. Sie riss den Gurt von sich und wankte, als sie die Autotür hinter sich zuschlug. Die Nachbarn links saßen im Garten und tranken Wein, sie hoben das Glas und winkten ihnen zu. Hallo, krächzte sie und setzte einen Fuß vor den anderen. Alle saßen draußen, so wie sie jetzt auch draußen sitzen würden auf ihrem Sitzplatz und Salat essen, danach Pizza vom Pizzastein über dem Grillfeuer, von Jan sorgfältig gebacken. Zwei Jungen spielten Federball auf dem Gehweg, sie zuckte zusammen, als einer sie mit seinem schweißnassen Arm aus Versehen berührte. Ein so warmer Arm. Hi, rief der Vater der Jungen und wendete Fleisch auf dem Grill. War das ein Tag. Ja, nickte sie und ging schneller, war das ein Tag. Noch wenige Schritte bis zu ihrem Haus. Ihre Knie zitterten, als sie vor der Tür stand. Kein Schlüssel. Wo war Jan? Sie klammerte sich an die Türfalle, um nicht einzuknicken. Der Rucksack lag im Flur. Luca, flüsterte sie und ließ die Falle los, rutschte die Glastür entlang. Vera. Hast du denn keinen Schlüssel. Sie kroch auf Knien und Händen ins Haus, wehrte Jan ab, der ihr auf die Füße helfen wollte. Sie legte sich zum Rucksack, umfasste ihn mit einem Arm. Jan zerrte an ihr herum. Lass mich. Sie presste das Gesicht gegen den groben Stoff, der vermodert roch und nicht nach Luca. Sie schluchzte und schrie, bis jemand kam und sie hochzog. Jan war es und noch jemand, sie wusste nicht wer. Etwas Hartes drückte ihr in die Achseln, etwas Warmes, es waren Arme, die sie hoben und trugen, die Treppe hinauf ins Badezimmer, Hände zogen und zerrten an ihr. Sie kriegte kurz keine Luft mehr, etwas war über ihrem Gesicht, Stoff. Wir müssen sie waschen. Jans Stimme. Sie hörte Wasser rauschen, zuckte zusammen, als es sie traf, mit warmem Strahl, die Wanne noch kühl, als sie hineingehoben wurde. Das Wasser färbte sich gelb unter ihren Schenkeln, scharf der Geruch, er wurde von Seife überdeckt, einem Lappen, der ihr übers Gesicht strich, über Hals und Schultern, Rücken und Beine und Füße. Es war Jans Hand, die den Lappen führte, sie konnte sie erkennen, die dunkelblonden Haare auf Handrücken und Armen. Wasser, schön warm. Sie schloss die Augen, nie mehr aufhören mit dem Wasser, bitte. Es hörte auf, sie bemühte sich, sich aus der Wanne zu stemmen. Jans Hände halfen. Stoff wurde ihr übergestreift, T-Shirt und Pyjamahose, sie erkannte den Bändel zum Binden unter ihren Fingerspitzen. Schlafen, ja. Sie wehrte die Bürste ab, die sich zwischen ihre Zähne schieben wollte. Taumelte durch den Flur zu ihrem Zimmer, von Jan auf einer Seite gestützt, der andere war weg. Hier war ihr Bett, abgedeckt, hellblau leuchtete ihr die Decke entgegen. Sie sank auf die Matratze. Nicht zudecken, nicht mehr ziehen und zerren, nur liegen. Etwas stützte sie im Nacken, etwas Bitteres schob sich zwischen ihre Lippen. Das tut dir gut. Sie öffnete den Mund, schluckte Wasser mit dazu. Sank zurück ins Kissen, wandte den Kopf, um Jan zu sehen. Er beugte sich über sie. War das Jan? Er sah so anders aus. Jan, sagte sie, bist du es. Nein, das war ein Fremder, der sich in ihr Zimmer geschlichen hatte. Hilfe, sie wollte den Kopf heben, aber der war schwer, so schwer. Sie drehte sich zur Kommode an der Wand gegenüber, sah das Stecknadelkissen von Luca aus der dritten Primarklasse, die bunt beklebte Kartonschachtel, die einst glänzenden Steine blind vom Staub, ihre Schmuckschatulle aus rotem Satin, ein Stein in Herzform, ein Kartenhalter mit Karte, gelbblaurot beschrieben: ALLES LIBE ZUM MUTERTAG DU BIST DIE BESTE MAMA DER WeLt. Ein Spiegel aus Spiegelscherben hing daneben, darin sah sie sich drehen, in Stücken verzerrt. Sie stand in einem Fahrstuhl. Er fuhr unter freiem Himmel, hörte nicht auf zu fahren. Längst gab es keine Geschosse mehr, die zu betreten, keine Wohnungstüren, die zu öffnen wären. Auch keine Wände waren da rund um den Fahrstuhl, einzig ein paar Stangen und unter ihren Füßen ein Boden mit Löchern. Der Wind riss an ihren Haaren. Sie schlotterte und balancierte auf dem Rand. Der Fahrstuhlboden brach in Stücken weg. Weit unter ihr die Dächer von fremden Häusern. Ihre Hand begann von der Stange zu rutschen, an die sie sich klammerte. Sie konnte sich nicht länger halten, die Finger lösten sich. Sie fiel. Schnell zuerst, dann immer langsamer. Ein Schweben eher, bis sie sanft auf ihren Füßen aufsetzte, unversehrt. Rundum weichweiß wabernder Nebel. Hell wurde es, immer heller, jetzt schmerzte es, die Augäpfel taten weh. Sie versuchte, die Lider zu schließen, um ihre Augäpfel zu schützen. Sie nahm die Hände zu Hilfe, deckte mit den Handflächen die Augen ab, vergeblich, das Licht drang durch. Sie ballte die Hände zu Fäusten, die Fäuste presste sie gegen die Augäpfel, bis einer sich löste und nach innen rutschte, der andere auch, zwei Kugeln waren es jetzt, die auf graugrünem Gewässer trieben. Sie konnte die Iris erkennen und rote Adern, dabei hatte sie keine Augen mehr, nur zwei Höhlen. Durch die eine blickte sie ins Graugrün, im Rücken das grelle Licht. Sie musste ihren Augen folgen. Sie kletterte hoch und schwang sich über den Augenhöhlenrand, bevor die Kugeln im Dunkeln verschwanden. Sie fiel ins Wasser, warm war es und glitschig wie Seife. Schlingen legten sich um ihre Beine, sie strampelte sich frei, schwamm den Kugeln hinterher, die viel zu groß waren, um sie wieder einzusetzen. Der Wasserstrom trieb von hinten, sie wurde gegen die Riesenaugen getrieben und streckte die Hände aus, um den Aufprall zu dämpfen. Sie fasste in warme glibberige Masse, die ihre Hände verschluckte, die Arme bis zu den Ellenbogen und den Schultern, das Gesicht mit Ohren, Hals und Hüften und Beine. Sie kriegte keine Luft und zappelte, bis sich vor ihr etwas öffnete, ein Raum mit weißem Nebel. Hell war es, noch heller wurde es, wieder dieser Schmerz, dabei hatte sie keine Augäpfel mehr, oder doch. Unter ihren Fäusten fielen weiche Kugeln gegen innen. Sie waren noch da, und jetzt waren sie weg. Nein! Sie schrie, kein richtiger Schrei, ein verzerrter Ton nur presste sich durch ihre Kehle, von dem sie aufschreckte aus dem Kissen. Es war feuchtkalt, als sie den Kopf wieder fallen ließ. Sie sah eine Frau mit leuchtend roten Haaren. Mutter? Nein, es war Leonie. Was tat Leonie hier? Sie zuckte zusammen, als sie das Bild wieder vor sich sah. Luca mit den Schläuchen. Leonie strich ihr über die Schulter. Jan hat bei uns geklingelt und um Hilfe gebeten, sagte Leonie. Jörg hat geholfen, dich ins Bett zu bringen. Jetzt ist Jan ins Krankenhaus gefahren. Es tut mir so leid. Wie geht es ihm?, flüsterte sie. Leonie fasste nach ihrer Hand, mit feuchtwarmen Fingern. Sie wollte ihre Hand zurückziehen. Warum weinte Leonie? Was ist mit Luca!, schrie sie, ihr Herz setzte kurz aus und schlug weiter. Sie versuchte, ihren Oberkörper aufzurichten. Gib mir das Handy, flüsterte sie, was sagt Jan, wie geht es Luca? Das Display verschwamm vor ihren Augen. Keine Nachricht, nichts. Die automatische Ansage schaltete sich ein, als sie Jan anrief, sie tippte das Anrufzeichen nochmals an, und nochmals. 21.43 Uhr. Sie schreckte zusammen, als das Handy in ihrer Hand zu vibrieren begann, dazu die schrille Klingel. Jan. Wie geht es Luca? Sie presste das Gerät ans Ohr, es klang, als ob er sehr weit weg wäre. Stabil, sagte Jan. Noch keine definitive Diagnose. Er wollte bei Luca bleiben. Sie wollte auch zu Luca. Und Jan redete von Ruhe, die sie brauchte. Ich will keinen Schlaf!, rief sie, ich will zu Luca! Leonie ist bei dir, sagte Jan, sie wird gut zu dir schauen. Leonie nahm ihr das Handy aus der Hand und redete mit Jan. Sie versuchte unterdessen, ihre Beine aus dem Bett zu kriegen und den Oberkörper mit dazu, sie strengte sich sehr an, aufrecht ins Badezimmer zu gehen. Es ging, wenn sie sich an der Wand abstützen konnte. Sie schloss die Tür hinter sich, drehte den Schlüssel. Was tust du?, rief Leonie von außen. Der Rand der Toilettenschüssel war schmerzhaft kalt. Sie zog sich hoch, spülte. Draußen vor der Tür wartete Leonie. Was tust du? Ich gehe zu Luca, sagte sie und suchte Halt an der Wand, ruf bitte ein Taxi. Die Strecke zurück zum Kleiderschrank war lang, ihr Knie zitterte, als sie das Bein hob, um einen Fuß in die Öffnung der Unterhose zu schieben. Ich helfe dir, sagte Leonie, aber diese Hände halfen nicht, schweißwarm nützten sie gar nichts. Es ging alles so langsam. Sehr lange dauerte es, bis sie endlich angezogen war. Wo ist das Taxi? Sie tappte die Treppe hinunter zur Glastür. Es war dunkel draußen, ein schwaches Licht beleuchtete den Gehweg. Ich fahre dich, sagte Leonie, ich lass dich doch nicht allein. Sie sah Leonie mit den roten Haaren, sie leuchteten ein bisschen weniger, sie schmerzten nicht mehr in den Augen. Sie fasste sich ins Gesicht. Da waren sie, die Augäpfel. Nur kurz sah sie große Kugeln in graugrünem Dämmerlicht davonschwimmen, dann verscheuchte sie das Bild. Das war nur ein Traum gewesen. Jetzt stand sie hier, richtig, mit Schuhen an den Füßen, und konnte endlich aufbrechen. Draußen vor der Glastür war die Luft angenehm warm. Abgasgeruch von der Straße drüben. Sie verriegelte die Tür zweimal, das tat sie immer, selbst wenn sie in großer Eile war, und das war sie immer. Wenn sie früh war, schaute sie auf die Uhr und dachte, drei Minuten zu früh, ich hänge die Wäsche auf, oder ich räume den Geschirrspüler aus, dafür reicht es noch. Danach war sie spät und rannte und dachte: Ich spare Zeit, wofür? Sie kommt mir nie zugute. Auf dem Gehweg stützte Leonie sie, ein dünner Arm mit zu weicher Haut, kraftlos. Sie vermisste Jans starken Arm mit den vielen Haaren, die langsam grau wurden. Jan sollte sie halten, wieso war er ohne sie gefahren. Sie klammerte sich ans Geländer, während sie die Treppe zur Garage hinunterstieg. Wie konnte er sie dieser Frau überlassen. Dieser lieben Frau. Sie ist so lieb, sagte er immer, so ein herzensguter Mensch. Sie schaute ihn dann misstrauisch an. Ein herzensguter Mensch, du meinst, eine herzensgute Frau. Du mit deiner Eifersucht, hatte er gelacht, ich mag sie einfach. Ihr mögt euch einfach, ja, das ist offensichtlich.

Im Auto von Leonie und Jörg roch es nach Auto. Ihr wurde flau im Magen. Leonie, sagte sie, mir ist schlecht. Leonie fuhr aus der Garage, durch die offenen Fenster wehte frische Luft herein. In der Tasche bei dir hat es Bananen, sagte Leonie, Jan hat sie gekauft. Du musst etwas essen. Sie aß eine Banane und starrte aus dem Fenster. Es war noch immer Sonntag und Sommer, die Frauen draußen auf der Straße trugen unterdessen Jäckchen über ihren leichten Kleidern. Sie schloss die Augen, um sie nicht sehen zu müssen, diese ahnungslosen Wesen mit ihren vergnügten Mienen. Aber wenn sie die Augen schloss, sah sie das grauviolette Lucagesicht und Schläuche, die im Handgelenk verschwanden. Sie riss die Augen wieder auf. Das Armaturenbrett, das konnte sie anstarren. Es erzählte nichts, was schmerzte. Eine Staubschicht war im schwachen Licht der Armaturenlichter zu erkennen, sie bedeutete einzig, dass Leonie und Jörg ihr Auto nicht putzten. Jan würde das nie zulassen, ein so staubiges Auto. Er klopfte regelmäßig die Fußmatten aus und wischte das Steuerrad mit feuchten Fertigtüchern ab. Schuhe in den Kofferraum, befahl er nach Wanderungen, und Luca und sie saßen dann in feuchten Socken. Aber die letzte gemeinsame Wanderung war lange her. Blöde Berge, sagte Luca, wieso hinaufsteigen und wieder hinuntersteigen, sinnlos. Früher war das anders. Früher tourten sie von Hütte zu Hütte. Schau, sagte Luca, der Himmel, hier oben ist er schöner. Sie war schweißnass hinter Jan und Luca Bergwege hochgestiegen, mit einem Ziehen in den Oberschenkeln. Ich lebe, dachte sie dabei, es gibt mich tatsächlich. Ich darf ein Leben leben. Nur in seltenen Momenten auf Wanderwegen dachte sie diesen Gedanken, mit einem schönen Gefühl.

Ich will sterben, dachte sie jetzt und biss sich in den Handballen. Eine Hand berührte leicht ihren Oberschenkel. Vera, es wird gut, alles kommt gut, Luca wird wieder gesund. Sie rieb die schmerzende Stelle, da, wo ihre Zähne Abdrücke hinterlassen hatten, und schämte sich. Sterben ging nicht. Zusammenbrechen ging auch nicht. Du hast keine Kraft, hatte ihre Mutter früher gesagt, woher auch. Nie hast du Schlimmes erlebt, das dich stark macht. Doch, wollte sie dann jeweils sagen, aber sie sagte es nie. Du hast mich auf diese Welt gebracht, das ist schlimm genug, wie soll ich das alles bestehen?

Trink, sagte Leonie. Eine Flasche drängte sich in ihre Finger. Du musst trinken. Sie sah die knotig blau geäderte Hand vom alten Mann, während sie den Deckel aufschraubte, sein Grinsen: Ist sowieso gleich fertig. Sie trank die Flasche leer, blickte aus dem Fenster. Schloss die Augen. Öffnete sie wieder. Schaute aufs Armaturenbrett. Jemand redete im Radio. Wieder ein Anschlag, Tote. Sie sah zerfetzte Arme und Beine, Blut am Boden, Helfer mit Bahren und verzweifelten Gesichtern, Frauen, die sich weinend in den Armen lagen. Mach das aus, flüsterte sie, bitte. Der Mann im Radio verstummte. Sie hörte den Motor und den Blinker. Eine Einfahrt. Sie waren endlich da. Leonie wollte sie unterfassen, als sie aus dem Auto stieg. Nein, sagte sie, ich gehe allein. Ich gehe mit, sagte Leonie. Niemand rauchte mehr vor dem Eingang. Die Menschen in Morgenmänteln von vorhin lagen längst bleich in ihren Betten und nestelten mit nikotingelben Fingern an Leintüchern. Einer trat aus dem Dunkel. Es war nicht der alte Mann, es war Jan, schwarz zerfurcht sein Gesicht im Gegenlicht. Sie roch Rauch und einen fremden Geruch, als er sie umarmte, dann betraten sie die Eingangshalle. Hinter dem Empfangsdesk sah sie die junge Frau mit dem blonden Zopf sitzen. Sie fasste sich ins eigene Haar, kraus und borstig. Nichts zu machen mit deinen Haaren, hörte sie ihre Mutter lachen. Sie nahm Jans Arm. Leonie war weg, das war gut so, Leonie störte. Im Fahrstuhl starrte sie auf die Ziffer über der Tür, 1, wieso stoppte der Fahrstuhl nicht? Luca wurde auf die Intensivstation verlegt, sagte Jan. Intensivstation, wiederholte sie, während das Wort zu einem grellweißen Ungeheuer wurde, das sich auf sie stürzte. Er liegt dort im neurovaskulären Überwachungs- und Behandlungsbett, sagte Jan. Sie presste die Hand auf ihr rasendes Herz. Überwachung, Zusatzuntersuchungen, Therapie. Die Begriffe schlugen auf ihren Schädel ein, während Jan redete. Das war kein Notfall mehr, fix diagnostiziert und schnell geheilt. Dastand einer nicht einfach wieder auf und ging nach Hause, höchstens an Krücken, aber mit berechenbaren Genesungsaussichten. Sie ging hinter Jan aus dem Aufzug, an den großen grauen Lettern vorbei weiter zu einer Tür. Wieder wollte sie beten, denn dein ist das Reich und die Kraft. Sie wusste nicht weiter. Jan öffnete sachte die Tür, komm, flüsterte er. Ein junger Mann stand beim Bett, machte Notizen. Sie trat näher. Dieser Geruch hier. Das Zimmer roch wie Jan vorher. Nach chemischen Mitteln und menschlichen Ausdünstungen. Sie wankte, Jan schob ihr einen Stuhl hin, stützte sie beim Absitzen. Sie brauchte eine Weile, bis sie Lucas Gesicht genau sah. Es lag im Halbdunkel, die Schatten unter seinen Augen erschreckten sie noch immer, die geschlossenen Lider. Öffnet, sagte sie und ihre Stimme krächzte unangenehm laut, öffnet er sie nie? Er ruht sich aus, flüsterte Jan. Das Bett war umgeben von blinkenden und piepsenden Maschinen, das kannte sie schon. Ihr war, als ob Luca bereits sehr lange hier liegen würde. Und sie konnte sich jetzt auch hierhin legen, auf diese Liege, die für sie bereitstand, oder sie konnte gehen. Leonie wartet unten, sagte Jan, falls du lieber nach Hause möchtest. Sie schüttelte den Kopf und erhob sich vom Stuhl, um zur Liege zu wechseln. Niemals ging sie mit Leonie irgendwohin. Sie blieb hier bei ihrem Kind in dieser Luft, die nach Verzweiflung roch. Der Kloß in ihrem Hals drückte, als sie lag, sie strampelte die Decke weg und rang nach Atem. Wasser wurde ihr eingegeben, sie schluckte die Tablette mit, die Jan ihr zwischen die Lippen schob. Wenn sie sich seitlich hinlegte, sah sie von unten ein wenig von der Decke, unter der Luca lag. Sie schloss die Augen, bis ein Geräusch sie aufschrecken ließ. Ein Stöhnen. Luca ist wach!, rief sie und verhedderte sich in der Decke, als sie aufstehen wollte. Jan und der junge Mann beugten sich über Luca, als sie endlich beim Bett war. Sie sah nichts, zupfte an Jans T-Shirt. Lass mich sehen, wie geht es ihm? Die Maschinen und Lichter piepsten und blinkten. Was bedeutet das? Ein Mann kam hinzu, schob sie und Jan weg. Er trug einen weißen Mantel. Er wusste, was er tat. Sein Rücken war groß und breit, die Stimme tief und ruhig, als er mit dem jungen Mann und Jan redete. Morgen in der Sprechstunde wissen wir mehr. Dann war er weg, und der junge Mann ging auch hinaus, er würde wiederkommen, jede halbe Stunde. Sie klammerte sich an Jans Hand und sah Luca. Seine Augen waren weit offen. Sie starrten zur Decke, die dunkle Iris bewegungslos, mit einem Blinzeln ab und zu. Blinzeln kann er, dachte sie und erschrak. Als ob Blinzeln reichen würde. Luca musste die Iris bewegen können und sie sehen, Fältchen muss es geben neben seinen Augen, wenn er lächelte. Die Halsschlagader musste pochen, er musste atmen können, Hände ausstrecken, zugreifen, reden. Hallo Mama. Hören, gehen, kauen, schlucken. So viel brauchte es für ein ganzes Leben. Und noch viel mehr, dachte sie und weinte. Herrgott, sagte Jan, hör mit dem Weinen auf, Luca hat die Augen geöffnet, das ist schon viel. Herrgott, flüsterte sie, als sie durch den Flur taumelte, blind von Tränen, vor Jan fliehend und vor Luca, der bloß noch dalag und blinzelte. Der du da nicht bist im Himmel, der mich nicht verschont vor dem Bösen. Sie fand die Toilette. Der Toilettenrand war kalt, wieder so kalt, sie saß nur noch auf Toiletten und weinte. Jan kam nicht. Auch nicht, als der Toilettenrand bereits in ihr Fleisch schnitt. Soll ich doch, dachte sie, hier verrecken. Sie musste sich zusammenreißen, aufstehen, die Unterhose hochziehen, die Hose, spülen, Hände waschen, die Tür aufstemmen. Eine so schwere Tür, wie sollten Patientinnen diese Tür aufstemmen können, aber Patienten hier lagen nur, sie gingen nicht. Gehen, dachte sie, kann Luca gehen? Sie ging und dachte, ich muss nicht solche Sachen denken, ich muss etwas anderes, etwas Schönes denken. Positiv. Sie erreichte die Treppe und ging die Stufen hinauf, eine nach der anderen, wie damals vor mehr als fünfzehn Jahren, mit Luca im Bauch. Stufen hinauf und wieder hinunter, ans Geländer geklammert. Nicht fallen, bloß gehen, ihren Muttermund mit tausend Schritten dazu bringen, sich noch ein wenig zu öffnen, und noch ein wenig. Eine ungeduldige Hebamme im Nachtdienst, die sie angefahren hatte. Nein, immer noch zu klein! Nicht schon wieder hinlegen, was denken Sie, das hier ist keine Wellness! Aufstehen, weitergehen! Weshalb weinst du?, hatte Jan gefragt, der neben ihr Treppen hinauf- und wieder hinunterstieg, dazwischen in lange Rauchpausen verschwand, in denen sie sich mit beiden Händen ans Geländer klammerte, weil sie unter dem dicken Bauch die Treppenstufen nicht mehr sah. Nicht fallen. Aber weshalb weinst du noch immer, sagte Jan gereizt, als er nach der nächsten Pause zurückkehrte. Ich kann nicht einmal ein Kind zur Welt bringen, schluchzte sie, nicht einmal das kann ich. So viel Angst, so viel Angst vor dem Gebärmuttermund, der sich nicht öffnete, vor den Keimen, die schon die Scheide hochgeschlichen waren zum Gebärmutterhals, um das Ungeborene anzugreifen. Sie würde es zu spät herauspressen, so, dass ihr Kind auf dem Weg in die Welt einen Schaden davontrug. Schäden im Hirn, die da waren, für immer, ihretwegen. Die Schuld beschwerte ihre Schritte, als sie weiterging, Treppen hinauf und hinunter, an der Hand von Jan.

Und jetzt stieg sie wieder Treppen hoch, den Blick auf die Stufen mit den rutschfesten Gummistreifen unter ihren Füßen gerichtet. Kein

Bauch, der ihr die Sicht versperrte, kein Jan, der ihre Hand hielt. So allein, dachte sie und musste stehen bleiben, weil ihr schwindelte. Viel mehr allein, als wenn sie allein zu Hause war, Sofa und Stühle und der Esstisch ihr entgegenstarrten, nutzlos herumstehend, so still, dass sie die Tür zum Garten aufreißen musste, auch im Winter, und mit der Meise draußen redete, im Sommer, und im Winter mit den kahlen Weidenästen, die sich in den grauen Himmel streckten.

Jetzt klammerte sie sich mit beiden Händen ans Geländer, um nicht in die Tiefe zu kippen. Nicht dort unten aufschlagen, am Ende der Treppe, und liegen bleiben neben diesem Klumpen, der aus ihrem geplatzten Bauch quoll, weißschmierig und blutig. Hilfe, flüsterte sie und versuchte, mit einer Hand den Spalt zu schließen, den sie in ihrem Leib klaffen sah. Aber eine Hand reichte nicht, Haut und Fettgewebe rissen weiter. Überall Blut und Schmiere. Der Klumpen drängte nach draußen, er hatte gekrümmte Arme und Beine und einen großen Kopf, sie wollte ihn zurückstopfen. Jan! Jan war da. Er löste ihre Finger, die sich ans Geländer klammerten. Komm, sagte er, halte dich an mir fest. Mein Bauch, jammerte sie, was ist mit ihm? Deinem Bauch geht es gut, Vera, sagte Jan. Sie sah an sich herunter. Ein Bauch ohne Riss und ohne kalten Klumpen. Du solltest etwas essen, sagte Jan, eine Banane. Sie saß neben Jan auf einer Bank im Flur und aß eine Banane. Jan war da und Luca nicht weit in seinem Zimmer. In seinem Zimmer, dachte sie und presste das Bananenfleisch mit der Zunge gegen den Gaumen. Dann lehnte sie ihren Kopf an Jans Schulter. Er roch nach Rauch und diesem Geruch von menschlicher Ausdünstung, vermischt mit chemischen Mitteln. Ein wenig vertraut auch schon die Liege, auf die Jan sie später bettete, neben Luca. Sie sah ihn nur schnell, seine Augen waren noch immer offen. Luca, flüsterte sie. Dann tauchte sie ein, in bodenloses Schwarz, für ein paar Stunden. Erst gegen Morgen spürte sie jedes Mal, wenn sie sich umdrehte, einen Schmerz in Rücken und Becken. Sie öffnete die Augen und schloss sie wieder, die Lider waren zu schwer. Von ferne drang Jans Schnarchen an ihr Ohr, peinlich, dachte sie, aber nur ganz kurz, was soll der junge Mann denken, aber der denkt nichts, der kontrolliert Geräte und macht Notizen. Das gefiel ihr, vielleicht bewachte er auch sie, obwohl er so jung war, viel zu jung, um sie zu beschützen. Sie dachte nur kurz über den jungen Mann nach und darüber, dass sie immer Schutz suchte. Wovor, hatte Jan gefragt, was bedroht dich denn. Tische und Stühle und Betten und Regale in endlosen Verkaufsräumen, sagte sie, totes Material mit Männern und Frauen dazwischen, die schwatzen und lachen, Tüten mit totem Material umhertragen und Schachteln so groß wie Särge. Sie tun so, als ob sie nichts davon wüssten, dass sie schon morgen für immer schweigen könnten. Das ist doch nicht dein Problem, sagte Jan, lass die Menschen ihre Scheinwelten bauen. Aber wenn ich sie dauernd sehe, die Särge, hatte sie gesagt, leise nur noch.

Sie hörte eine Tür ins Schloss fallen. Wenn sie die Augen ein wenig offen halten konnte, sah sie ein Fenster und Lamellenstoren, dahinter bleiche Himmelsstreifen. Wie spät war es? Ihr Herz schlug schneller. Sie hatte verschlafen, den Wecker überhört. Luca musste zur Schule. Luca? Kalt griff etwas nach ihrem Herzen, als sie die Krankenhauswände wiedererkannte. Sie setzte sich auf. Kraftlos ihre Knie, aber sie schaffte die Schritte bis zum hohen Bett, krallte sich an der

Metallstange fest. Sehr weiß lag Luca da, die Augen geschlossen. Sie sank auf die Bettdecke. Hier waren Beine. Beine hatte er, aber er bewegte sie nicht, und keiner tat etwas. Auch sie nicht, was hätte sie tun können? Und Jan, wo war Jan? Sie stemmte sich vom Bett hoch. Jan war fort. Eine zerknüllte Decke lag auf seiner Liege. Wie sehr sie das immer irritierte, einfach hinwerfen und liegen lassen, einfach gehen, auf den eigenen Weg konzentriert. Das Nächste anpacken, wichtige Nachrichten schreiben, reden, rauchen, ohne Blick für das, was zurückblieb. Was, wenn die Decke blieb und Jan fort war? Sie tastete sich mit zitternden Knien dem Fußende von Lucas Bett entlang wie früher in all den Nächten, in denen sie vom Schlafzimmer in den Flur gegangen war und in Jans Zimmer und die Treppe hinunter ins Wohnzimmer und in die Küche, und nirgendwo war Jan.

Sie setzte sich auf die Liege und faltete die Decke zum Rechteck. Staub flirrte in der Luft, legte sich auf Mund und Nase, kitzelte. Er erinnerte an das flirrende Sonnenlicht, in dem sie gesessen war und dem Staub beim Fliegen zugeschaut hatte, während Luca fehlte. Das war vor langer Zeit. Gestern. Jetzt war Montagmorgen. Ein heißer Strahl durchzuckte sie. Sie musste sich von der Arbeit abmelden. Wo war ihre Tasche, ihr Handy? Die Tasche lag am Boden, das Handy zeigte 06.17 und drei Nachrichten an.

Heute Abend wie immer um 18.00 im Casa, wer ist dabei?

Danke fürs Gießen, Katzenfutter im linken Schrankfach, lg d.

Vielen Dank nochmals für das feine Nachtessen vom Samstag ☺!

Samstag, ja, da waren Dieter und Maya ohne Patrick bei ihnen am Tisch und ein wütender Luca. Siehst du, Mama, ohne Patrick und mit mir, jetzt sitz ich hier wegen einem, der nicht kommt, ich wusste es. Wegen dir verpasse ich alles. Luca, der stumm sein Essen hinuntergeschlungen hatte und vor dem Nachtisch aufsprang, um grußlos zu verschwinden, fort zu seinen Kollegen, in den lauen Abend hinaus. Dieter und Maya mit viel Verständnis und Jan mit spöttischem Lächeln. Dein Fahrplan, sagte es, immer dein Fahrplan, siehst du, was du anrichtest. Heiße Ohren hatte sie für den Rest des Abends. Als ihre Freunde fort waren, warf sie ein Glas gegen die

Wand: Nie mache ich es richtig, aber fürs Kochen, da bin ich dir gut genug! Sie kehrte die Scherben alleine zusammen. Jan war weg, das Knallen der Tür hallte im Haus nach. Später wurde es sehr still, als Luca längst schlief und sie im Bett lag und versuchte, nicht auf einen zu hören, der den Schlüssel im Schloss drehte.

06.22. Sie musste die Arbeit absagen. Liebe Marion, tippte sie, ich muss mich für heute entschuldigen. Für heute? Und morgen? Liebe Marion. Wegen eines familiären Vorfalls. Vorfall? Unfall? Was sagen, was schreiben? Sie legte das Handy weg, stand auf, trat ans Bett. Unverändert alles. Die Plastikbeutel über Luca gaben transparente Flüssigkeiten weiter, Tropfen für Tropfen drangen sie in ihn ein, versammelten sich hellgelb verwandelt im Urinbeutel wieder. Sie spürte plötzlich ihre volle Blase. Es musste jetzt einer kommen, Jan oder ein Arzt oder irgendjemand vom Personal, der zu Luca schaute. Guten Morgen, Frau Gerber. Eine junge Frau in Weiß schloss die Tür hinter sich. Gehts gut? Eine helle Stimme. Sie öffnete den Mund und schloss ihn wieder. Ihr Mann kommt gleich, zwitscherte Aylin, so hieß die Frau, die noch ein Mädchen war, Aylin Demir stand auf dem Schildchen geschrieben. Wie wollte das Mädchen wissen, ob Jan gleich kam oder nicht, es sollte sich um Luca kümmern. Ihre Blase drückte sehr stark, sie musste jetzt aus diesem Zimmer gehen und in den Flur hinaus. Kann ich Ihnen helfen?, rief das Mädchen, aber sie ging stumm weiter. Soll das Ding sich um ihr Kind kümmern, jemanden dazuholen, der sich auskennt, dieses Mädchen kann nicht wissen, was hier zu tun ist. Jan!, rief sie. Wie gut, dass er ihr entgegenkam. Wo ist der Arzt, es braucht einen Arzt hier! Jan machte ein erschrockenes Gesicht. Was ist passiert? Er eilte davon, zum Zimmer von Luca, und sie ging den Flur entlang zur Toilette. Wieder Putzmittelgeruch, wieder ein kalter Toilettenrand, der sich an ihre Schenkel presste. Aber nicht wieder weinen. Sie wollte einen Arzt sehen, ihretwegen einen mit Pickeln, aber reden musste er mit ihr, ihr alles darüber sagen, was mit Luca geschehen war. Hier bist du, sagte Jan, als sie wieder auf den Flur trat, ich habe dich gesucht, komm, ein erster Schritt. Ein erster Schritt! Ihr Herz klopfte schneller, sie versuchte, so schnell wie Jan zu gehen, der sie über den Flur und ins Zimmer von Luca zog. Luca lag da wie vorher. Kein Schritt, dachte sie, Luca starrt zur Decke wie vorher. Schau, Luca, sagte Jan, wir sind beide da, Mama und ich, und als Jan Mama sagte, wandte Luca den Kopf ein wenig zu ihr hin. Er richtete seinen Blick auf sie, die Iris bewegte sich, ein sehr feines Fältchen bildete sich in den Augenwinkeln. Luca lächelte. Nur sehr wenig und ohne Lippen, aber er erkannte sie, und sie sah ihn nur noch undeutlich hinter dem Schleier, der sich über ihre Augen legte. Ab jetzt sind alle Schritte sehr klein, dachte sie, viel kleiner als alles, was bisher Schritte für mich waren. Sie war aus der Normgröße gefallen, zusammen mit Luca. Sie konnte ihn durch Tränenschleier wieder erkennen, wie er zu Jan schaute und auf keine seiner Fragen antwortete, und sie sah zu, wie Jan lächelte und Luca über die Wange strich und weiterredete. So standen sie am Bett, bis Aylin Demir ein Tablett hereinbrachte, von dem es stark nach Kaffee duftete, und danach noch eines mit Tee. Für dich, sagte Jan und geleitete sie zum Tischchen beim Fenster, du musst trinken und essen. Und sie aß die Hälfte von einem halben Brötchen und spülte die Bissen mit Tee hinunter. Sah zwischen Lamellenstoren blaue Himmelsstreifen und am Tisch gegenüber Jan, der auf dem Tablet die Zeitung las, wie immer. Die blauen Himmelsstreifen wurden blauer, bis es endlich Zeit war, sich zu erheben und zur Sprechstunde ins Zimmer am Ende des Flurs zu gehen. Ich mach das schon, sagte Jan und drückte ihre Hand, und für einen Moment wusste sie nicht, ob er sie vor der Tür mit den beiden Metallschildchen stehen lassen wollte. 219. Besetzt. Auf keinen Fall blieb sie draußen. Sie drängelte hinter Jan in den Raum. Ein Mann in Hose und T-Shirt war schon dort, er drehte ihnen den Rücken zu und schaute auf Röntgenbilder, die hell erleuchtet an Schienen hingen. Lucabilder mussten es sein. So sah es in ihrem Kind aus. Licht und Schatten, Dichtes und Poröses. Luca in Scheiben geschnitten, aufgereiht. Der Mann wandte sich ihnen zu, reichte ihr eine feuchte Hand. Guten Morgen, Frau Gerber, guten Tag, Herr Gerber. Sie setzte sich neben Jan an den langen Tisch mit vielen Stühlen. Ein Sitzungszimmer war das hier, kein Sprechzimmer, wie sie es sich vorgestellt hatte, mit einem großen Schreibtisch und einem weiß gekleideten Arzt dahinter, der vieles wusste. Hart und kalt war ihr Stuhl. Sie setzte sich auf die vorderste Kante, mit rasendem Herzen darauf bedacht, die Worte dieses Mannes zu verstehen. Doktor Novak, sagte er, ich bin Neurologe hier auf der Stroke Unit. Hier werden Patientinnen und Patienten nach einem akuten Schlaganfall oder einer transitorischen ischämischen Attacke abgeklärt und behandelt, sagte Doktor Novak. Die Behandlung auf einer Stroke Unit erhöht die Wahrscheinlichkeit, nach einem Schlaganfall weniger behindert zu sein und wieder selbständig leben zu können. Weniger behindert. Das Brausen in ihrem Kopf wurde lauter, sie musste sich auf die Lippenbewegungen von Doktor Novak konzentrieren. Eine wichtige Rolle im Genesungsprozess spielt für uns auch der enge Einbezug und kontinuierliche Austausch mit den Angehörigen, sagte er und lächelte ihr zu. Weniger behindert. Sie starrte auf den Rücken von Doktor Novak, der jetzt stand und auf die Bilder mit Licht und Schatten zeigte. Hier, sehen Sie. Auf den Bildern war das Licht verschwunden, sie sah nur noch schwarz, während sie Worte hörte, von deren Existenz sie bisher nichts gewusst hatte. Silben wie kreischende Sägen, die ihr Fleisch zerteilten. Metabolische Prozesse, sensomotorische

Hemiparese, Nekrose des Hirngewebes, bleibende fokale Dysfunktion. Luca, flüsterte Jan, als sie später an Lucas Bett standen, es wird alles wieder gut. Und sie nickte dazu mit klappernden Zähnen, es schüttelte sie am ganzen Körper, an diesem Montagmorgen im Sommer.

September 2013

Der alte Mann vor ihr legte Pulverkaffee auf das Band, eine Literflasche Rotwein, Wattestäbchen, preisreduzierten Weichkäse. Marsriegel. Ihr Herz klopfte ein wenig schneller. Marsriegel für den alten Mann, oder für seine Frau zu Hause, die nicht mehr einkaufen konnte. Für Enkel, kleine Jungen und Mädchen, die beim Lachen karamellverklebte Zähne zeigten. Sie schaute in ihren Einkaufswagen. Äpfel und Bananen, Naturjoghurt und Vollkorncracker. Nahrung für solche, die fettfrei alt werden wollten, oder eine wie sie, die wenig schlucken konnte. Sie wollte auch Marsriegel kaufen, so wie früher für Luca, aber Luca lag in der Rehabilitationsklinik und wollte keine Marsriegel mehr. Oder sie könnte Rotwein kaufen für Jan, wieder einmal mit Jan am Tisch sitzen, essen und dazu Rotwein trinken. Mit Rotwein und Marsriegel im Einkaufswagen würde sie nicht mehr hier an der Kasse stehen wie eine, die keine Familie zu Hause hat. Peter Matter war schuld, dieser Mann, an den sie nicht mehr denken wollte, aber das ging nicht. Peter Matter, Kirchstraße 14. Sie sah die Buchstaben wieder vor sich, von der Hand dieses Mannes geschrieben. Nicht an den Brief denken. Seit fünf Wochen lag er in der Schublade im Wohnzimmer, zerknittert von ihren Fingern. Jan hatte ihn vom Briefkasten mitgebracht und gelesen, mit gerunzelter Stirn, und sie stand vor ihm und sah seine blassen Lippen. Von Peter Matter, sagte er, du weißt schon. Der Zeuge beim Bankomaten. Sie wusste es von der Polizei. Der Mann war mit Luca am Bankomaten gestanden, und innert einer Stunde hatten zehn weitere Personen Geld abgehoben und waren an Luca vorbeigegangen, von der Kamera über dem Bankomaten gefilmt und identifiziert. Lies vor, bitte, flüsterte sie und setzte sich, weil die Knie zitterten. Jan las.

»Sehr geehrte Frau Gerber, sehr geehrter Herr Gerber, verzeihen Sie mir, wenn ich mich mit diesem Brief an Sie wende. Ich hoffe, Sie damit in einer schwierigen Zeit nicht zusätzlich zu belasten. Aber es ist mir ein dringendes Anliegen, mich Ihnen mitzuteilen. Lassen Sie mich Ihnen als Erstes mein tief empfundenes Mitleid dazu aussprechen, was Ihnen widerfahren ist. Als Vater von zwei Söhnen kann ich nachempfinden, wie Sie sich fühlen. Gesunde Kinder zu haben ist das höchste Gut für uns Eltern.«

Bitte, hatte sie geflüstert, bitte aufhören. Jan hatte ihr geholfen, sich auf das Sofa zu legen, sie zitterte so, dass sie sich auf dem Stuhl nicht mehr halten konnte.

Jetzt legte sie ihre Äpfel, Bananen, Vollkorncracker und Joghurts aufs Band. Zahlte und packte ihre Einkäufe ein, ohne aufzuschauen. Niemanden ansehen, nicht weiter über Peter Matter nachdenken. Draußen regnete es, die Tropfen fielen ihr in den Nacken. Sie ging nicht den direkten Weg, die Hauptstraße entlang, denn der führte zum Bankomaten. Sie machte einen Umweg, den Blick auf den Boden gerichtet, und sah Bilder, immer dieselben, sie konnte nichts dagegen tun. Luca und der Mann. Der Mann stand am Bankomaten und zog Noten. Luca wartete hinter ihm. Wischte sich den Schweiß von der Stirn. Taumelte. Fasste ins Leere, als er fiel. Sackte in die Knie zuerst, schlug dann auf dem Boden auf. Blieb verdreht und halb seitlich liegen, die Haut am nackten Arm und Bein versengt vom heißen Asphalt. Hallo, sagte der Mann, ist alles okay bei Ihnen? Luca lächelte bloß. Hallo, ist alles okay bei Ihnen? Der Mann saß jetzt im Auto und sprach durch das offene Fenster zu Luca hinunter. Luca hörte ihn nicht. Dann fuhr das Auto weg, und Luca setzte sich in Bewegung. Gedankenlos wie Federvieh, das nach seiner Enthauptung weiterrannte. Seinen halb tauben Rumpf stemmte er vorwärts mit dem einen Bein, Zentimeter für Zentimeter. Sein Knie schürfte er blutig. Er sah den Mann nicht, der wenig später Geld holte, die junge Frau auch nicht, auch nicht den zweiten Mann und später die zweite Frau. Er sah den Mann nicht, der beim Bankomaten Geld holte und den anderen Mann auch nicht. Nichts sah er mehr vom schönen Sommerspätnachmittag. Auch die ältere Dame nicht, die zum Bankomaten ging, und später den Mann und den anderen Mann und die Frau nach diesem. Er sah nichts mehr. Er kroch, bis ein Passant sich über ihn beugte, das Handy am Ohr: Da liegt ein junger Mann an der Hauptstraße 114, beim Bankomaten, ohne Bewusstsein.

Sie sah den Weg vor sich unscharf, ein Taschentuch fehlte, sie wischte mit dem Handrücken. Nur noch diese Treppe hoch und dann den Weg mit den Kieseln entlanggehen bis zu ihrem Haus. Sie blieb stehen, sah sich um. Niemand folgte ihr, Jan hatte recht. Matter folgt dir sicher nicht, sagte Jan, der hat jetzt andere Probleme. Ach ja!, hatte sie gerufen, der tut dir wohl noch leid? Jan sah weiter in sein Tablet, während sie vom Wohnzimmer in die Küche ging und wieder zurück und den Drang bezwang, Jan einmal mehr die Sätze vorzuhalten, die sie unterdessen auswendig kannte.

»Dass nun eine Krankheit wie aus heiterem Himmel über Ihren einzigen Sohn und Sie hereingebrochen ist, hat eine tragische Dimension, wie ich sie mir nie vorstellen konnte. Sie haben ja seitens Behörden bereits Kenntnis davon erhalten, dass ich zur betreffenden Zeit am Bankomat an der Hauptstraße stand, um einen Geldbetrag abzuheben.«

Sie schaute nochmals hinter sich, bevor sie die Haustür aufschloss, aber da war nur die Katze von nebenan, die vorbeischlich. Sie stellte die Einkäufe in die Küche, trocknete die feuchten Haare mit dem Föhn. Jan, dachte sie, warum bist du nicht hier, um mir die Haare zu trocknen, wie früher. Jan arbeitete, und sie arbeitete noch immer nicht. Sie legte den Föhn zurück, ging ins Wohnzimmer. Der Brief darf nicht mehr dort sein. Sie würde es Jan heute Abend sagen, wenn er nach Hause kam. Er musste den Brief aus dem Haus bringen. Sie hatte es schon an jenem Abend gesagt. Jan, der Brief muss weg. Tu etwas. Jan hatte den Kopf kurz zu ihr hingedreht, mit müdem Blick. Dann schaute er wieder in den Fernseher, die Bilder spiegelten sich flackernd in der Iris. Nie tust du etwas, sagte sie und zuckte zurück, als Jan vom Sofa hochschoss. Es knallte, die Fernbedienung vom Fernseher krachte in die Wand. Sie sah dem Gipsstaub zu, der hinunterrieselte, eine Batterie kullerte in die Ecke. Dann klirrte es in der Küche. Ihr Teekrug mit Tasse, von der Anrichte gefegt. Jan stand beim Herd, die Ellbogen aufgestützt, das Gesicht in den Händen verborgen. Seine Schultern bebten. Sie ging auf Zehenspitzen und umschlang ihn von hinten mit ihren Armen. Entschuldige, murmelte sie in seinen Rücken, entschuldige bitte. Sie war erschrocken, den ganzen Abend lang, auch als Jan nicht mehr von stummen Schluchzern geschüttelt wurde. Sie wischte Scherben und Gipsstaub auf und setzte sich später zu ihm auf das Sofa vor den Fernseher und starrte auf das Loch in der Gipswand. Jan blieb stumm.

Und jetzt faltete sie den Brief schon wieder auf, im Wohnzimmer vor der offenen Schublade stehend.

»Ich möchte Ihnen die Hintergründe zu meinem Handeln nahelegen wie folgt: Vor einem Monat war ich mit meiner Frau Hannelore zusammen an der Costa Brava in den Ferien. Es war ein schöner und erholsamer Urlaub bis zu jenem Tag, an dem ich überfallen wurde. Ich bezog wie hier Geld vom Automaten. Es war in Barcelona, am hellheiteren Tag um 16.30 Uhr. Plötzlich wurde ich in einen Hauseingang gerissen. Ich spürte etwas Hartes und Kaltes am Hals. Der Täter setzte mir ein Messer an den Hals. Der Verbrecher ging sehr geübt vor. Er presste seinen Kopf gegen meinen und umfing mich mit dem Arm so, dass ich keine Chance hatte, ihm zu entkommen. ›All the money‹, sagte er nur. Ich gab ihm mein Portemonnaie, und er verschwand. Natürlich erstattete ich Anzeige, aber ich habe nie wieder etwas von der Polizei dort gehört. Was ich

Ihnen jedoch mit diesem Schreiben mitteilen möchte: Dieser Überfall hat mich tief erschreckt. Als der junge Mann dort am Boden lag, musste ich davon ausgehen, dass ich wieder einem Überfall zum Opfer falle. Es sah ganz nach einem Trickdiebstahl aus. Ihr Sohn gab keine Antwort, als ich ihn ansprach, was natürlich mein Misstrauen erregte. Wie konnte ich wissen, was Ihrem Sohn widerfahren war! Ich konnte es nicht wissen. Ich bin ein Mann mit Zivilcourage. Ich kann Ihnen auf der Stelle ein paar Situationen aufzeigen, in denen ich dazwischengegangen bin, als alle anderen nur zusahen. Was ich Ihnen von tiefstem Herzen sagen möchte: Ich bin kein Mensch, der Menschen in Not nicht hilft. Dafür, dass ich in diesem Fall von einer anderen Annahme ausgegangen bin, möchte ich mich vielmals bei Ihnen entschuldigen. Sie können versichert sein, dass ich Ihren Schmerz teile. Ich wünsche Ihnen viel Kraft, um dieses schwere Los zu tragen. Hochachtungsvoll, Peter Matter.«

Sie wischte die Tränen weg, schob den Brief in den Umschlag zurück. Fam. Gerber-Vogt. Die Familie versehrt wie die Holzstatue der Heiligen Barbara, an der sie arbeiten würde, wenn sie noch restaurieren könnte und nicht nur zittern. Finger fehlten der Barbara und ein Fuß und ein halbes Gesicht. Ein Schlag wie von einer Axt. Sie schloss die Schublade und ging vom Schrank zum Sofa und wieder zurück, dann zum Bücherregal. Ihr Blick blieb an den Fotoalben hängen. Nur von Toten schaut man alte Fotos an. Hier das rote Album, sie schlug es auf. Jan mit Hund, Vera mit Hund, Jan lacht im Brunnen, Vera auf dem Montmartre, Jan küsst Vera, Vera mit Wein, Vera auf dem Schlitten, Vera in den Pilzen, Vera mit Wurst, Jan vor Felsen, Vera im Hochzeitskleid, Jan und Vera, Jan tanzt, Jan mit Eltern, Vera mit kleinem Bauch, mit großem. Sie trennte die Bilder aus dem Album heraus, grob, manche rissen. Ein Stück von Vera fiel zu Boden, der Hund kam neben Jan zu liegen, der kopflos tanzte. Sie legte das Album weg, nahm das blaue aus dem Regal. Hier ein Bild von Luca mit Bär, Bä hieß er, Luca drückte ihn fest an sich, mit hochroten Wangen, er hatte Fieber an jenem Tag. Luca mit Geburtstagskuchen, eine Kerze. Luca mit Schulranzen und Zahnlücke, sein erster Schultag, Jan steht neben ihm mit verkniffenem Lächeln. Zuvor hatten sie gestritten, sie und Jan, weil er so viel Arbeit hatte, die wegen des Schulbeginns liegen bleiben musste. Luca am Meer, lachend, der Quallenbiss kam erst danach. Sie rupfte die Bilder aus dem Album, ließ sie fallen, Luca zerknittert und in Stücken, der Bär ohne Beine. Beim gelben Album zögerte sie, dann raffte sie die Bildfetzen zusammen. Er ließ unser Kind liegen. Die Schuld soll ihn erschlagen, und erlöse ihn nicht von dem Bösen, das er uns brachte. Sie stopfte die Bilder in einen Umschlag, nahm ihre Tasche, das Handy. Hastete den Gehweg entlang, den Blick auf den Boden gerichtet. Ihr Herz raste noch immer, die Hitze im Kopf pochte im Takt. Die Schuld soll ihn erschlagen. Die Schuld soll ihn erschlagen. Schnell gehen bis zum Briefkasten dieses Mannes, um ihm den Umschlag einzuwerfen. Das, was ihm gebührte. Ja nicht auf die Hauptstraße mit dem Bankomaten treffen. Also die andere Straße hoch. Die Oberschenkel schmerzten, sie spürte ein Stechen in der Seite. Sie rang nach Atem, hielt an. Ihr Blick traf auf Jugendliche mit Fahrrädern, die beim Brunnen vorne standen. Sie redeten und lachten. Ein Mädchen boxte einen Jungen, der ließ sein Rad fallen und umfasste das Mädchen mit beiden Armen von hinten. Ganz fest drückte er sie, in Kampf und Zuneigung, sie kreischte. Ihre Kollegin kreischte mit, ich will auch, sagte ihr rotes Gesicht, fass mich mit an, ihre Hand traf den Jungen. Gerangel zu dritt und zu viert, sie sprangen sich an und entkamen, kitzelten und kreischten, das immergleiche Ritual. Sie hörte sich selbst als Mädchen und roch, wie das T-Shirt gerochen hatte, an das sie gepresst wurde, vor vielen Jahren, nach fremdem Waschpulver, Kaugummi und etwas, das sie nicht kannte.

Die Jugendlichen stiegen auf ihre Fahrräder und fuhren los, in verschiedene Richtungen. Einer fuhr auf sie zu. Sie erkannte ihn erst jetzt, die blonden Haare, mit Sorgfalt gestylt, braungebrannt. Es war Alain. Er konnte noch Fahrrad fahren, mit sehnig starken Beinen in die Pedale treten. Alain konnte einen Lenker fest umfassen. Sie fühlte einen Stich in ihrem Inneren, kein Seitenstechen vom Gehen am Hügel diesmal. Es war das Bild vom bleichen Lucabein, das bewegungslos lag, und die Hand, die nichts mehr halten konnte. Kein Herumstehen mit Jungen und Mädchen, kein Boxen und Drücken, keinen Kampf und keine Zuneigung mehr für Luca, kein Kreischen in seinen Ohren, keinen warmen Atem im Gesicht, nach Kaugummi riechend. Wir haben geredet, Mama, mach keinen Stress, reden darf man ja wohl noch. Natürlich darf man reden!, hatte sie gerufen, wenn er schon wieder zu spät vor der Tür stand, aber was ist mit meiner Sorge, dem weichgekochten Reis? Rechne das Reden beim Reiskochen einfach ein, Mama. Und mach dir keine Sorgen.

Seine Stimme klang in ihr nach, sie sah den Boden durch Schleier, als sie weiterging. Zur Kirchstraße 14. Was, wenn der Mann zu Hause war? Wenn er ihr die Hand auf die Schulter legen würde, während sie den Umschlag in den Briefkasten legte? Sie tastete nach dem Umschlag in ihrer Tasche, zog die zerrissenen Bilder hervor. Sie fror plötzlich, ihre Hände zitterten, sie schaffte es kaum, die Fetzen zurück in den Umschlag zu schieben. Im Laufen bereits, zurück nach Hause. Wie konnte sie so weit gehen, dem Haus dieses Mannes entgegen. Und lasse ihn schwer an seiner Schuld tragen, auf dass er sich bis zum Ende seiner Tage gebückt dahinschleppe. Sie rannte, Regentropfen trommelten auf Kopf und Schultern und Tasche, die sie umarmt hielt.

Ihr Kind in Fetzen, wie konnte sie nur. Was würde Jan sagen? Sie suchte den Schlüssel. Niemand kreuzte ihren Weg, sie musste sich kein Lächeln aufzwingen, nicht schnell grüßen und hasten, vom Briefkasten zur Tür, als gäbe es viel zu tun für den Rest des Tages. Beeren pflücken, Staub wischen, Marmelade kochen. Sie erreichte ihre Haustür, schloss mit klammen Fingern auf und wieder zu. Es tropfte von ihren Haaren auf die Fototeile, die sie auf dem Tisch auslegte. Sie fügte Passendes zusammen, glättete, klebte die Bilder zurück ins Album. Unsere Familie, zerknittert. Sie presste die Seiten, stehend, mit ihrem ganzen Gewicht, vergeblich. Sie stellte die Alben ins Regal zurück, schaute aufs Handy. 13.12, ein ganzer Nachmittag lag noch vor ihr. Was anfangen mit all den zähen Minuten? Und keine Nachrichten. Niemand schrieb ihr, seit sie nicht mehr Sätze tippte. Fertig gechattet, sie war aus allen Gruppen draußen. Nur noch Klageworte kamen aus ihrem Mund, nichts, was gefiel. Keine Treffen mehr am Montag im Casa. Geh doch hin, hatte Jan gesagt, vielleicht tut es dir gut, etwas Tapetenwechsel. Aber sie hatte bloß das Rauschen des Blutes in ihren Ohren gehört, Kolleginnenstimmen, bemüht darum, den leichten Ton zu halten. Sie war wieder nach Hause gefahren, mit zittrigen Knien und Händen und Augen, die brannten vom Weinen, Schwindel im Kopf und einer schweren Zunge, aufgedunsen von den Substanzen, die sie zum Schlafen brachten. Versuch es doch wieder mit Arbeit, hatte Jan gesagt, du liebst doch deine Arbeit. Sah er denn nicht, wie sie zitterte? Wie konnte sie es schaffen, frühmorgens aufzustehen und mit der Bahn zu fahren, Frauen zu sehen und Männer und junge Männer mit Beinen, die sie trugen? Sie müsste mit weichen Knien das Gerüst hochklettern, aufsteigen zur Heiligen Barbara mit dem zerschlagenen Gesicht. Löcher im Heiligenmantel flicken, Holzfingerstummel feilen, damit sie weniger zerstört aussahen. Versuch es wenigstens. Aber es geht nicht!, hatte sie gerufen, ich kann sie schon sehen, die Blicke von Marion und ihren Gehilfinnen. Sie sorgen sich ein bisschen um mich und sehr um sich selbst, weil sie begreifen: Alle kann es treffen. Lass sie doch, sagte Jan, lass sie Sorge um sich haben, das ist legitim. Aber ich störe die anderen beim Glücklichsein. Wieso?, hatte Jan gefragt und plötzlich sehr müde ausgesehen, die Haut grau und schwarze Ringe unter den Augen. Wieso schließt du dich selbst aus? Ich verstehe das nicht. Ja, Jan verstand das nicht. Immer schon war sie ausgeschlossen von diesem schwerelosen Glücklichsein. Sie hatte sich bemüht, wie alle anderen warme Tage nach den kalten schön zu finden. Sie war mit dabei beim Gesicht-der-Sonne-Zuwenden. Muss ich, hatte sie gedacht, muss ich es schön finden, und wurde sehr müde, während sie sich zusah, wie sie das Gesicht der Sonne zuwandte.

Sie schaute wieder auf ihr Handy. 13.15, keine Nachricht, auch von Jan nicht. Jan schrieb keine Nachrichten, wenn er arbeitete, das wusste sie, aber jetzt könnte es anders sein. Was sollte er schreiben? Liebe Vera. Ihr fiel nichts ein, was er schreiben konnte, etwas, das sie freute. Was konnte sie freuen? 13.16. Vielleicht sollte sie etwas essen, eine Banane. Bananen konnte sie einfach kauen und schlucken, auch Joghurt glitt gut, manchmal etwas Reis. Aber ans Kochen durfte sie nicht denken, sonst wurde ihr übel. Mit Kochen konnte sie die Minuten nicht hinter sich bringen. Der Geruch von warmer Bratbutter brachte sie zum Würgen, ein Stück Fleisch darin wenden, unmöglich. Nicht einmal Fleisch kaufen hatte geklappt, sie hatte es in die Auslage zurückgelegt und war aus dem Geschäft geflohen. Entschuldige bitte, wollte sie am Abend sagen, als sie Jan Reis und Salat auftischte, und schwieg dann, als sie seine zusammengekniffenen Lippen sah. Seither kauften sie getrennt ein, und im Kühlschrank gab es ein Fach für ihn und eines für sie.

13.21. Sie ging ins Wohnzimmer, stand ans Fenster. Regentropfen sprangen vom Gartentisch. Die Meise war wieder hier, ein Wurm wand sich in ihrem Schnabel. Ein sehr grauer Himmel, endlich vorbei die gleißend hellen Tage mit einer Sonne, die auf der Haut brannte, sobald sie einen Schritt aus dem schützenden Haus machte.

Sie könnte spazieren, das Sträßchen hinaufgehen, immer weiter, bis zu den Feldern und von dort in die Wälder. Das hatte sie früher mit Luca getan. Luca im Kinderwagen, aufrecht sitzend und mit gerecktem Zeigefingerchen den Weg weisend: Da, da. Da entlang ging sie mit ihm, zu den Pferden auf dem Hof, Luca wieherte, die Wangen rot, und da, ein Hund, ein Esel. Luca, der ihr den Weg wies vom Hund zu den Hühnern und von Baum zu Baum, da, da, bis zum Bächlein mit den Fischen. Mit Luca lernte sie Hunde und Hühner und Pferde kennen, Esel, Bäume und Käfer. Viele Käfer, wenn er ihr bedeutete, den Wagen anzuhalten und ihn auszuführen an ihrer Hand, um den Weg vor sich aus der Nähe zu erkunden. König Luca, lachte Jan am Abend, was hat König Luca heute entdeckt? Und sie erzählte von Hunden und Eseln und Hühnern, während Luca lachte, die Wangen noch immer rot vor Glück. Und am nächsten und übernächsten Tag ließ sie sich wieder geleiten zum Immergleichen, von ihrem König, der sie von allem Suchen befreite.

Sie starrte weiter in den Regen hinaus, die Tropfen sprangen immer höher vom Tisch. Sie müsste allein das Sträßchen hinaufgehen, immer weiter, bis zu den Feldern und von dort in die Wälder, nicht zum Bächlein. Sie müsste den Hof umgehen, um den Pferden und Hunden und Eseln und Hühnern nicht zu begegnen. Wohin konnte sie noch gehen? In die Küche, ins Wohnzimmer zurück, den Flur entlang zur Eingangstür, wieder zurück ins Wohnzimmer. 13.26. Luca wurde jetzt zur Ergotherapie geschoben, zur Logopädie oder Physiotherapie. Sie wusste es nicht mehr. Jeweils am Dienstag reihten sich Therapien so aneinander, dass zu wenig Zeit für einen Besuch von ihr blieb. Nur Viertelstundenpausen, bevor er wieder geholt wurde, von der nächsten jungen Frau, die Luca in den langen Flur mit dem glänzenden Boden hinausrollte.

Ihr Sohn wird täglich unter Anleitung mobilisiert, sensorisch und kognitiv gefördert, sprachlich aktiviert, hatte Doktor Nagy gesagt, der große Mann in der Rehabilitationsklinik, der ihr die Hand so fest gedrückt hatte, dass es weh tat. Er sprach von Dysphagie, Aphasie und Ataxie. Störungen, so viel hatte sie verstanden, es ging um Schluckstörungen, Sprachstörungen, Störungen der Bewegungskoordination. Wir tun alles zu seinem Besten, hatte Doktor Nagy gesagt.

13.31. Sie ging die Treppe hoch in Lucas Zimmer. Schon wieder hatte sich das Poster von Lionel Messi von der Wand gelöst. Sie befestigte die Ecke mit einem Klebeband. Richtete den Computerbildschirm gerade aus, wischte mit der Hand über den Schreibtisch, dort, wo er nicht belegt war mit Stiften und Steinen und zerfledderten Heften. Über dem Kleiderständer ein

T-Shirt. Noch immer roch es ein wenig nach Lucaschweiß. Wie überrascht sie war vor Jahren, als Luca von einer Nacht auf die andere scharf und bissig roch, nicht mehr ein wenig nach Nelken. Sie hatte wieder Lucas Babywindel vor sich gesehen, unschön die gelbbraunflüssige Masse, aber nach warmen Brötchen riechend. Ohne Witz, hatte sie gesagt, wenn Jan lachte, riech doch selbst, das ist die Muttermilch, zum Besten verwertet. Jan roch keine warmen Brötchen, später erst recht nicht, da produzierten Lucas Därme feste Kegel, die stanken wie alle. Verlorene Unschuld, hatte sie gedacht und sich über ihren dummen Gedanken gewundert, wieso sollte einer deswegen die Unschuld verlieren.

Sie hängte das T-Shirt an den Ständer zurück. Auf dem Bett saßen Zebra, Hase, Bison und Monster Mona, Lucas Handarbeit aus der vierten Primarklasse. Nicht dass Luca sich noch um diese Tiere kümmerte, sie lagen staubig in seinem Bett. Aber sie mochte sie. Ihr wartet hier, sagte sie jeweils, wenn Luca aus dem Haus war, und setzte Mona dem Zebra auf den Rücken, während sich Bison und Hase Geschichten erzählten. Luca kommt wieder. Lächerlich, Mama, du mit deinen Tieren, sagte Luca, wenn er wieder eine neue Gruppierung auf seinem Bett vorfand.

Luca kommt wieder, wiederholte sie jetzt. Ihre Stimme brach. Sie wischte sich mit dem Zebra über die Augen und legte es in die Arme vom Hasen. Der Bison stützte von hinten, an Monster Mona gekuschelt.

Sie erhob sich vom Bett, ging ins Badezimmer. Nur Unterwäsche und ein Hemd von Jan lagen im Korb. Zu wenig, um eine Waschmaschine zu füllen. Im Spiegel schaute sie sich entgegen. Große Poren und Schlupflider, hängende Halspartien und Ohrläppchen, die sich in Falten legten. Sie müsste die Finger an Schläfen und Wangenknochen legen und ihr Gesicht straff ziehen, jung spielen und etwas dazu sagen. Aber sie wusste nicht was, und ihre Arme hingen so schwer. Etwas tun. Nicht nur Runden drehen von Zimmer zu Zimmer. Hinausgehen, nicht das Sträßchen hinauf, bis zu den Feldern, sondern in die andere Richtung. Sich treiben lassen in den Straßen, aber was konnte sie dort tun?

Sie ging in Jans Zimmer. Seine Kleider über den Stuhl geworfen, Anzüge, Pullover. Du bist so achtlos mit den Dingen, hatte sie früher zu Jan gesagt, und er hatte gelacht. Besser mit den Dingen als mit den Menschen, hör auf, mich zu erziehen, ich bin schon groß und stark, spürst du, wie stark? Er hatte sie mit seinen Armen umfasst und fest zugedrückt. Hilfe! Sie japste nach Luft und versuchte, sich Jan zu entwinden, während Kleinluca in die Hände klatschte und um sie beide herumtanzte. Hopp, Papa, hopp!

Sie legte die Anzugshose wieder auf den Stuhl zurück. Jans Bett. Ein bisschen Ruhe finden, unter seine Decke kriechen. Wie hart das Bett war, aber es roch gut. Sie schmiegte ihr Gesicht an Jans Kissen. Es vermochte kaum ihre Tränen aufzusaugen, so hart war es. Welcher Trost war ein Kissen, das nach Jan roch, er aber war fort. Ich kann nicht so lange fehlen, hatte er schon nach ein paar Tagen gesagt und war zur Arbeit gegangen, du kennst Kris. Jan war vor ihr geflohen, bunte Fernsehbilder in den Augen.

Ihre Ohren wurden ein wenig warm. Ich liege hier und heule in ein kaltes Kissen, so geht das nicht. Sie musste aufstehen und gehen, vielleicht ins Museum, so wie früher, als Bilder sie trösten konnten. Immer dieselben, die sie besucht hatte, beruhigt darüber, dass sie noch da hingen. Sie waren so vertraut. Wie kannst du nur immer dasselbe anschauen, hatte Jan gesagt. Ich schaue ja auch immer nur dich an, antwortete sie, und Jan lachte. Warum lachst du?, fragte sie. Ist doch schön, sagte er, dass du immer nur mich anschaust. Sie hatte die Zähne zusammengebissen, noch Tage danach, wenn sie den Spott in seiner Stimme nachklingen hörte. Mit welchem Recht machte er sich lustig über sie. Natürlich schaute sie andere Männer an, aber nicht so. Was gab es an anderen Männern zu sehen. Nichts, was nicht Jan schon mitbrachte. Jan war umfassend. Jede Faser in ihr war mit Jan verbunden, in Liebe und Zorn. Bitte erhalte uns bis zum Ende, betete sie nach Träumen, in denen sie Jan anrief, wieder und wieder, und immer klingelte es ins Leere, weil Jan fort war, für immer.

Er hat kein Recht, über mich zu lachen. Die Hitze stieg ihr ins Gesicht, sie schlug die Decke zurück. Ich muss ihn anrufen, es ihm sagen, sofort. Sie erhob sich so schnell, dass ihr schwindelte. Wo war ihr Handy. 13.53. Die Zahl leuchtete ihr hell entgegen. Zeit für Meetings, in denen Jan saß, oder Zeit für einen weiteren Versuch im Labor. Jan mit seinem Assistenten. Jan vor dem

Bildschirm, in Formeln versunken. Vielleicht besser doch nicht anrufen. Sie wird es ihm am Abend sagen. Und jetzt würde sie ins Museum gehen, die immer gleichen Bilder besuchen. Sie putzte die Zähne, ohne das Gesicht im Spiegel anzuschauen, holte ihre Tasche aus dem Zimmer. Das Treppengeländer war so kalt, dass es weh tat. Vielleicht hatte sie Fieber? Aber sie würde auch mit Fieber aus dem Haus gehen. Hier bleiben ging nicht. Sie drehte den Schlüssel im Schloss. Auf dem Gehweg sah sie eine Nachbarin vor dem Haus stehen. Ihr wollte sie nicht begegnen, sie würde nichts zu sagen wissen. Also verharrte sie auf dem Gehweg, tat so, als ob sie etwas vergessen hätte, und nahm den Weg zurück, die Treppe hinunter zur Garage. Die Straße hinunter zur Busstation war sehr befahren, aber Autos konnten ihr nichts anhaben, da saßen Menschen hinter reflektierenden Scheiben, die sie ignorierte. Sie erreichte die Busstation, löste ein Ticket. Vierzehn Stationen waren es bis zum Museum, einmal Umsteigen. Sie zählte nochmals, damit sie keine bekannten Gesichter sehen musste. Vierzehn Stationen. Wie der Kreuzweg von Jesus Christus. Bloß dass sie gefahren wurde, und Jesus ging. Ihr Bürde kein Kreuz, sondern ein Schlag aus heiterem Himmel. Nicht weiterdenken. Sie ging ein paar Schritte, hin und her, den Blick auf den nassschwarzen Asphalt gerichtet. Der Bus fuhr vor, sie stieg ein. Geruch von nassen Schirmen und Hunden. Bananengeschmack auf der Zunge. Flach atmen, ganz flach, um nichts zu riechen. Sie konzentrierte sich auf die Regentropfen. Wie sie über die Scheibe rasten im Fahrtwind, Striemen hinterlassend, sich auflösend. Immer neue Regentropfen, es war ein Rasen und Sichauflösen, endlos. Vierte Station. Flach atmen. Siebte Station. Umsteigen auf die Straßenbahn. Draußen holte sie Luft, schluckte den Geschmack von Bananen und Hunden. Sie würde besser umkehren. Zurück ins Haus mit den Zimmern und Möbeln und einem Geruch, den sie kannte. Sie könnte sich ein wenig hinlegen und. Und was? Sie biss sich in den Handballen, um nicht zu schreien. Schreien hier ging nicht, und eine Tablette hatte sie keine dabei, etwas gegen Hunde und die Angst davor, den Blick je wieder vom Boden zu heben. Die Straßenbahn fuhr vor. Die Tür öffnete sich, es ging ganz leicht, einzusteigen, die Tür schloss sich. Keine Hunde. Sie atmete vorsichtig ein und aus. Schaute den Regentropfen auf der Fensterscheibe nach, dem Rasen im Fahrtwind. Neunte Station. Zehnte. Elfte. Zwölfte. Dreizehnte. Vierzehnte. Sie stieg aus, sah der Straßenbahn nach und war plötzlich sehr froh. Sie hatte es geschafft, vierzehn Stationen zu fahren und die Angst zu schlucken. Das würde sie heute Abend Jan erzählen, und was war noch, das Auslachen, ja, das auch. Vielleicht würde er verstehen, wie sehr es sie kränkte. Und wenn er es nicht verstehen würde? Jan verstand oft nicht, was sie kränkte, und das kränkte sie. Vielleicht würde sie besser nichts sagen heute Abend.

Im Hof des Museums breiteten sich Wasserlachen aus. Schon sehr lange war sie nicht mehr hier gewesen. Früher war Luca dabei. Im Hof durfte er rennen, und im Museum ging er neben ihr von Bild zu Bild, seine verschwitzte kleine Hand in der ihren. Früher sagte er nicht: Tote Bilder, Mama, Menschen aus Stein, wozu soll ich mir das anschauen? Weil sie dir etwas erzählen, hatte sie gesagt. Die reden doch nicht, Mama, nur du redest.

Jetzt stand sie ohne Luca an der Kasse. Kinder schwatzten und lachten, eine ganze Schulklasse. Die Stimmen gellten durch das Foyer. Sammlung oder Sonderausstellung? Der Mann an der Kasse trommelte mit den Fingern auf dem Tresen. Sammlung. Einer stand in Uniform vor der Garderobe, machte sich breit. Sie drückte sich an ihm vorbei, er roch nach Rauch. Jan. Ihr Herz raste plötzlich. Jan sollte da sein. Sie war so allein, und diese lachenden Kinder. Es war ein Fehler, nichts hier konnte ablenken. Sie musste zurück ins stille Haus, besser dort sein. Ein Kloß drückte im Hals, die Augen brannten, während sie die Tränen abwischte, bitte nicht. Sie heulte weiter, den Kopf halb im Garderobeschrank verborgen, damit keiner sie sah. Was hat die Frau? Eine feine hohe Stimme neben ihr, von unten her klingend. Ein kleines Mädchen, das am Arm gepackt, von einer Frau weggezerrt wurde. Als ob sie aussätzig wäre. Eine Aussätzige, ja, das war sie, Schmerzschwielen auf der Haut, wie klarer Eiter die Tränen. Sie kühlte Augen und Gesicht mit viel kaltem Wasser in der Damentoilette. Nickte dem Mann zu, der ihren Ticketcode mit einem Gerät einlas, stieg die breite Treppe hoch. Das Geländer aus Marmor war kalt und glatt wie damals, die Haut an der Hand erkannte es wieder. Ihre

Schritte hallten, als sie das Foyer im ersten Geschoss durchquerte, an der Aufsicht vorbeiging, den ersten Saal rechts betrat. Da waren sie, ihre Verkündigungsengel. Alle hingen sie noch an der Wand, auch der Heilige Bartholomäus, die Synagoge, Abisai vor David. Der Heilige Christophorus, nach vorne gebückt, das Christuskind auf der Schulter, darauf konzentriert, es sicher durch das Wasser zu tragen. Hier rettete einer ein Kind. Hier tat einer etwas Gutes. Ihre Knie begannen zu zittern. Sie schaffte es bis zur Bank, setzte sich, den Blick auf das Bild gerichtet. Die Schuld soll ihn erschlagen. Nicht an den Mann denken. An Luca denken. Der du bist im Himmel, mach ihn gesund. Sie faltete die Hände. Bitte. Das muss man üben, hatte ihre Mutter gesagt, als sie Kind war, Gott hilft nicht einfach so, wenn du nie an ihn denkst. Sie sah zum Christuskind auf, das sich an den Haaren des Heiligen festklammerte. Sie erhob sich, trat ganz nah zu den beiden, zuckte zurück, als es piepste. Schritte näherten sich in ihrem Rücken, sie wandte sich um. Nicht zu nahe treten! Der Mann in Uniform kam auf sie zu. Sie ging schnell in den nächsten Raum, hastete weiter. Endlos reihten sich Räume aneinander. Männer und Frauen in Uniform erhoben sich von ihren Stühlen, ließen Handys in die Taschen gleiten, sobald sie sich näherte. An den Wänden Landschaften, von Wind gepeitscht, Weizenfelder, Blumenmeere, sonnendurchflutet. Männer auf Schiffen, die Gesichter verzerrt, die Hände erhoben zum Einen da oben, der sie fallen gelassen hatte. Fräuleins mit Hündchen und Schirmchen, rosenrot, himmelblau. Bergmassive, von Malern mit Staffeleien bezwungen, schöngemalt. Alles noch so da, wie sie es mit Luca zum letzten Mal gesehen hatte.

Die Raumflucht endete, hier war wieder das steinerne Foyer mit den Sesseln. Sie setzte sich, ein wenig atemlos. Kurz ausruhen. Der Mann mit Uniform schaute zu ihr herüber. Sie schaute in die andere Richtung. War das dort nicht? Sie erhob sich, ging zum Bild. Ein Maler mit Pinsel und Palette, sie kannte das Motiv, auch dieses Bild hatte sie schon mit Luca betrachtet. Der Mann ist langweilig, komm weiter, Mama. Der Künstler war dabei, sich selbst zu erschaffen. Eine Skizze hatte er bereits gezeichnet, sie zeigte sein Profil. Nein. Sie trat noch näher. Hier war etwas falsch. Das war nicht das Gesicht des Künstlers.

Das war ein Kind, die Nase leicht nach oben, die Oberlippe schön geschwungen. Wie bei Luca. Es war Luca, jetzt sah sie es, von ganz nah war es eindeutig. Sie zuckte zurück, als es wieder piepste. Mehr Distanz, Madame!, rief ihr jemand hinterher, als sie den Flur entlanghastete, in den ersten Raum einbog, den Alarm in den Ohren. Auch dieser Raum führte in einen anderen Raum, sie hatte den Weg zur Treppe verpasst. Ihre Schuhe hämmerten auf dem Parkett, dann hörte sie die Kinder. Zu spät, sie war bereits in den Raum getreten. Die Gruppe saß am Boden. Viele Augenpaare richteten sich auf sie. Wo hinschauen? Sie wandte den Kindern den Rücken zu. Ruhe, hörte sie die Lehrerin zischen, obwohl niemand etwas sagte. Sie spürte die Blicke im Rücken, kleine Spitzen trafen die Schmerzschwielen auf ihrer Haut. Aussätzige. Die Frau ist dumm, sagte ein Kind. Ja, sagte ein anderes, sie merkt nichts. Dem Mann geht es nicht gut, sagte ein Kind. Ja, sagte ein anderes, und die Frau schläft einfach weiter. Ihr Herz klopfte heftig, während sie zur Bank in der Mitte des Raums schlich, die Kinder nun vor sich. Sie drehten ihr den Rücken zu und schauten zum Bild hoch. Eine Art Sturmwind in blaugraugelben Tönen, in heftigem Strich hingeworfen. Ein Mann und eine Frau. Sie lag schlafend auf seine Brust gebettet, er schwebte halb aufgerichtet im Raum. Gehalten wovon? Spannkraft im Bauch, seinen ineinander verknoteten Händen? Die Augen dunkle Höhlen, den Blick starr ins Nichts gerichtet. Besim hat mich geschubst, sagte ein Kind. Sie hörte die Lehrerin schimpfen, während sie davonschlich, ohne dass ihre Absätze klapperten. Sie ging in die Garderobe und zur Toilette, saß auf einem kalten Toilettenrand. Die Frau ist dumm. Ja, sie merkt nichts. Dem Mann geht es nicht gut. Und die Frau schläft einfach weiter. Sie presste die Hände gegen die Ohren, um die Stimmen nicht mehr zu hören, spülte sie weg mit viel kaltem Wasser. Sie verließ die Toilette, ging durch das Foyer, ließ sich von der schweren Drehtür in den Hof schieben, während sie Jans Kontakt wählte. Er ging sofort ran. Vera? Hallo Jan. Ist etwas passiert? Seine Stimme, alarmiert. Nein, nicht so, aber. Was ist passiert? Nichts, ich wollte nur, ich wollte dich hören. Ich bin an einem Meeting, wir sehen uns abends, ja? Vera? Heute Abend, ist gut, ja?

Sie wich den Wasserlachen im Hof aus und

stieg in die Straßenbahn, fuhr vierzehn Stationen und ging von der Busstation die Straße hoch bis zur Siedlung mit dem Gehweg, von dem sich das Moos löste. Sie schloss die Tür auf und hinter sich wieder zu und ging ins Badezimmer, schluckte zwei Tabletten, legte sich ins Bett. Die nassen Haare im Nacken störten. Du musst die Haare trockenföhnen, vor allem im Nacken, hatte ihre Mutter gesagt, du holst dir sonst eine Erkältung. Der Riss in der Decke war groß. Sie lag und wollte sich drehen, um das Stecknadelkissen zu sehen, aber da war keine bunt beklebte Kartonschachtel und der Kartenhalter mit der Karte von Luca fehlte. Hier war allein ein langer Flur mit glänzendem Boden, den sie entlangging, an Türen vorbei, noch eine und noch eine. Wo war die Tür, die sie zu Luca führte? Hier, nein, diese war verschlossen. Aus der Ferne im Flur hörte sie Lachen und Schreien, einer fuhr auf sie zu, im Rollstuhl, ein Zweiter hinterher. Einer mit blonden Haaren, braungebrannt, es war Alain im Rollstuhl, mit riesigen Oberarmen. Er trieb die Räder an und lachte, hinter ihm rollte Jonas im Rollstuhl und schrie: Gleich hol ich dich! Alain und Jonas hatten dünne kleine Beinchen, sie wunderte sich und war froh. Nun hatte der Schlag auch Alain und Jonas getroffen. Hier war die Tür zu Lucas Zimmer. Sie trat ein. Das Zimmer war sehr klein und das Bett auch, es sah aus wie das Bett von Kleinluca. Luca war nicht hier. Sie ging weiter den Flur entlang, dort vorne bewegte sich einer mit Krücken, sehr schnell, sie musste rennen, um ihn einzuholen. Luca! Er drehte sich um und sagte: Mama, alles wird gut. Ich gehe jetzt und töte ihn. In seiner Hand glänzte eine Pistole. Ja!, schrie sie, töte ihn! Sie erschrak vom Schrei, öffnete die Augen und sah Jans Gesicht, das sich über sie beugte. Er war in der Toskana, sie sah es am Oleanderbaumzweig und am blauen Himmel, und sie lag unter ihm. Jan war ganz braun und lachte, seine weißen Zähne blendeten. Das waren nicht Jans Zähne, Jans Zähne waren gelb vom Rauchen, und so groß war Jan nicht. Sehr schwer lag er auf ihr, und was machte er da. Jan!, wollte sie rufen, aber sie kriegte keine Luft, was machst du. Es hat doch Leute da, all die Leute, die uns zusehen. Das Gewicht auf ihr blieb, Jan mit Zähnen, die nicht ihm gehörten, und jetzt weinte jemand, ein Kind war es, ihr Kind, es stand neben ihnen, sie konnte es hören: Papa, Mama. Das Kind!, wollte sie rufen und Jan wegstoßen, aber es ging nicht. Jan lachte und erhob sich, sie lag und er zerrte an ihr, so sehr, dass es ihren Unterleib zerriss. Nicht!, wollte sie rufen, er rupfte weiter, hielt etwas in die Höhe. Eine Puppe, nein, keine Puppe, ein kleines Mädchen im hellblauen Kleid, blondgelockt und zappelnd, bis er es losließ. Jetzt saß es auf ihrem Bauch und lachte. Dein Kind, sagte Jan, hier hast du es endlich. Aber das ist nicht mein Kind, wollte sie rufen und gurgelte, mein Kind weint. Jan lachte, sie schob das Mädchen weg von ihrem Bauch und versuchte, aufzustehen, aber sie konnte nur kriechen. Wo ist mein Kind, wimmerte sie und kroch das blaue Wasser im Swimmingpool entlang. Männer und Frauen und Kinder schwammen und kreischten. Ihr Kind war verschwunden. Sie schlug die Hand, die nach ihr fasste. Vera, sagte jemand. Ich bin es, Jan. Ganz ruhig. Es war Jan, es gab ihn, ohne weiße Zähne. Sie versuchte, ihre Augen offen zu halten, die bleiernen Arme zu heben, um ihn zu umarmen. Seine Hand, die ihr die nassen Haare aus der Stirn strich, sein warmer Atem an ihrem Ohr. Veramia. Sie umarmte einen feuchtkalten

Klumpen. Sie allein mit einem Kissen und aufgedunsener Zunge. Und Jan? Sie tastete nach dem Handy neben dem Bett, setzte sich auf. 04.13. Sie stieg aus dem Bett. Ganz langsam setzte sie Fuß vor Fuß, fand die Türfalle, tastete sich die Wand im Flur entlang, dorthin, woher sie Schnarchen hörte. Die Tür zu seinem Zimmer stand offen, sie fand sein Bett. Er rückte ein wenig zur Seite, als sie seine Decke hob. Sie schmiegte sich an ihn. Atmete mit ihm, ein, aus. Sein Schnarchen setzte wieder ein. Wovon träumte er? Dahin gelangte sie nie. So sehr sie dem Grollen aus der Tiefe nachgehen wollte, das aus ihm drang. Später pfiff und röchelte er, von Stöhnen durchsetzt, so, dass sie aus dem unruhigen Schlaf gerissen wurde, in den sie gefallen war. Lange zählte sie Erbsen und Schafe und wankte irgendwann zurück in ihr Bett.

Durch das Fenster drang grau der Morgen. Sie könnte aufstehen und duschen, ein Brot streichen für Jan, die Kaffeemaschine anschalten, eine Tasse bereitstellen und dort in der Küche sein, bevor er wieder ging, dachte sie und schlief weiter. Angenehm das Wasser auf ihrer Haut, sie stand in der Dusche und seifte sich ein. Wie mager ihre Schultern und Hüften waren, die Oberschenkel wie Unterschenkel beinahe, die Bauchfalten hängend. Sie knetete sie, die Lucafalten, die rot wurden und weniger hingen, je mehr sie knetete. Ganz weg waren sie jetzt, dafür war ein Bäuchlein da, und in ihm drin kitzelte es ein wenig. Sie lachte, so lustig war das Kitzeln. Luca, bist du das hier drin, kitzelst du mich? Sie spülte schön warm die Seife vom Bauch, der nun immer größer wurde. Er hörte erst auf zu wachsen, als sie den Wasserhahn abdrehte. Mit dem großen Bauch ging sie in die Küche und schaltete die Kaffeemaschine an, stellte eine Tasse für Jan bereit. Guten Morgen, Jan, sagte sie zu Jan, der eintrat. Er beugte sich über ihren Bauch. Er küsste ihn überall so, dass es kitzelte. Sie musste lachen und erwachte. Durch das Fenster schien die Sonne. Sie schoss hoch, torkelte in Jans Zimmer. Sein Bett war leer, die Decke zerknüllt, das Kissen noch ein wenig warm. Sie griff nach ihrem Handy in der Tasche des Morgenmantels. 08.35. Eine Nachricht. Guten Morgen, Vera, wie geht es dir? Ich hoffe, du hast gut schlafen können, wollte dich nicht wecken. Grüß bitte Luca von mir. Melde mich. Von ferne ein Pochen in ihrem

Kopf. Eine Tablette, dachte sie. Nein, keine Tablette, ich schlucke zu viel davon. Duschen, mich anziehen, zu Luca fahren. Sie ließ warmes Wasser auf den Scheitel prasseln, seifte Schultern und Hüften ein. Die Bauchfalten hängend, sie waren geblieben, ausgeleiert und hässlich, für ihr Kind geschaffen. Luca, flüsterte sie und krallte ihre Finger ins Bauchfell. Zehn Fingerflecken ins Fleisch getrieben, hochrot. Wie früher. Was ist das?, hatte Jan vor Jahren gefragt, als er rote Male entdeckte. Spinnst du? Er hatte von ihr abgelassen und zu den Zigaretten gegriffen, und sie rannte das Sträßchen hinauf, immer weiter, bis zu den Feldern und von dort in die Wälder. Spinnst du, dröhnte es in ihrem Kopf, du spinnst. Dabei hatte er sie zur Frau genommen, so wie sie war, er hatte es damals am Altar in der kleinen Kapelle versprochen, Freunde und seine Familie und ihre Mutter hörten es mit ihr zusammen. Ich liebe dich und nehme dich zu meiner Frau, ich verspreche dir, mit dir zu sein in guten und schlechten Zeiten. In schlechten Zeiten auch!, schrie sie, als sie zurück vom Wald war, atemlos und mit Erde an den Schuhen, überall Walderde im Haus, weil sie ihn suchte und draußen auf dem Liegestuhl fand. Was ist denn schlecht an diesen Zeiten?, fragte er und ließ die Zeitung sinken, sag es mir, ich verstehs nicht. Und sie kehrte ins Haus zurück und warf ihre Schuhe gegen die Wand, und dann schlug sie den Kopf gegen den Spiegel im Badezimmer. Er zerbrach nicht, das Gesicht war noch immer da. Huhuu, rief Jan von unten, als sie im Bett lag, sie hörte ihn zwischen ihren Schluchzern, auch wenn sie das Kissen auf den Kopf gepresst hielt, Lady Vera leidet am Leben, und was ist mit mir? Später hatte er sich entschuldigt, und sie hatte sich auch entschuldigt und die braunen Striemen von der Wand geputzt.

Die Flecken auf ihrem Bauch schmerzten, als sie sich mit dem rauen Badetuch abtrocknete. Später würden sie vom Rot ins Blau und Gründgelb wechseln. Ein Lachen drang aus ihrer Kehle, ein Prusten eher, das kratzte. Sogar Jan würde sich nicht länger wundern über rote Flecken. Jetzt gab es gute Gründe, sich etwas anzutun. Nein, was dachte sie. So denken durfte sie nicht. Sie ging zum Schrank. Sie musste sich anziehen, an nichts denken. Nicht an den Brief, nicht an den Mann. Die Schuld soll ihn erschlagen. Sie ging die Treppe hinunter, dann nochmals hoch, weil sie Tasche und Handy vergessen hatte. Keine Nachricht mehr von Jan. Ich melde mich, hatte er geschrieben und nichts getan, aber sie würde sich auch nicht melden. Sollte er sich fragen, wie es ihr ging. Niemand fragt, wie es mir geht, hatte sie vor ein paar Tagen gesagt, und Jan war vom Sofa hochgefahren. Aber das wolltest du doch so! Ja, sagte sie. Habt bitte Verständnis, hatte sie damals an alle geschrieben, als Luca noch im Krankenhaus lag. Ich bedanke mich für eure Zuwendung, aber ich habe nicht die Kraft, eure Nachrichten zu beantworten. Ich melde mich, hatte sie geschrieben, und meldete sich nie. Was gab es zu melden. Den Status von Luca, veränderlich. Luca liegt. Luca liegt noch immer. Luca ist stabil, Luca atmet ohne künstliche Beatmung. Luca ohne Schleim im Rachen, ohne Saugrohr. Luca lernt schlucken. Luca steht im Stehbett. Doch, das wollen sie wissen!, hatte Jan gerufen und weiterhin Nachrichten getippt, und sie schaute zu und wusste, welche Wünsche sie schickten, Eltern, Verwandte, Freunde. Warum bist du so feindselig?, fragte Jan. Weil sie nichts wissen, sagte sie. Aber sie fühlen, sagte Jan, sie fühlen mit, Herrgott, spürst du es denn nicht?

Sie spürte nichts. Arme, die sie umarmt hatten, im Flur vor Lucas Zimmer, Fleisch und Knochen und der Geruch nach Eau de Toilette, ja, das schon. Ihre Mutter, die sie an sich drückte, bevor sie wieder nach Kopenhagen zurückflog, nach Hause zu ihrem Mann. Viele liebe Worte in ihr Ohr gemurmelt, gut gemeinte Angebote. Zu ihr nach Hause kommen, mit ihr Kaffee trinken, für sie kochen. Erschrocken schüttelte sie den Kopf. Danke, sehr lieb, lieber nicht. Was sollte ihr über die Lippen kommen. Wie sollte sie aufnehmen, was andere zu ihr sagten. Quälend lang konnte es dauern, bis eine Tasse Kaffee leergetrunken war, das Gegenüber endlich aufstand und ging. Dann bleibst du hier allein!, hatte Jan gerufen. Ja, dachte sie, ich bleibe allein.

Sie zog ihre Schuhe an und brach auf. 09.24. Etwas essen konnte sie später, bei Luca im Zimmer. In die Cafeteria würde sie nicht mehr gehen. Dorthin wurden Menschen in Rollstühlen geschoben. Überall Rollstühle und Krücken. Ein Humpeln und Sichverrenken, verzerrte Gesichter und Stimmen, sich überschlagend im Bemühen, so zu tun, als wäre nichts Schlimmes geschehen. Mittendrin sie mit Luca auf der Suche nach einem freien Tisch, und als sie einen gefunden hatte, bot er zu wenig Platz für einen Rollstuhl und einen Stuhl daneben, und der eine Stuhl am Tisch war zu viel. Der Schweiß lief ihr in die Augen, bis sie den Stuhl zwischen andere Stühle und Tische geklemmt hatte und sich setzen konnte. Neben Luca, der den Blick nach vorne richtete. Sie hatte etwas zur Hitze draußen gesagt und zur neuen jungen Katze von nebenan und ob er das Fußballspiel gesehen habe. Er nickte und nickte wieder, als sie fragte, wie es in der Physiotherapie voranging und in der Logopädie. Nicken und kein Wort von Luca. Er sprach nicht mehr, seit verzerrte Laute aus seinem Mund kamen. So waren sie schweigend am Tisch nebeneinandergesessen in der Cafeteria und hatten nach vorne geschaut, dorthin, wo andere versuchten, mit ihren Rollstühlen und Krücken einen Platz zu finden. Wie geht es Luca?, hatte Jan am Abend gefragt. Tu nicht so, sagte sie, als wäre nichts Schlimmes geschehen, und er sagte: Ich möchte gerne wissen, wie es Luca geht, und sie sagte: Frag ihn doch selber, mit mir redet er nicht mehr, und Jan sagte: Mit mir auch nicht, Herrgott, so nimm doch nicht immer alles persönlich, Luca wird seine Sprache wiederfinden. Wiederfinden, wo bitte schön!, hatte sie gerufen, und Jan hatte nichts mehr gesagt und war gegangen.

An der Bushaltestelle stand keiner, mit dem sie reden musste. Sie konnte ein Ticket lösen, einsteigen. Eine knappe Dreiviertelstunde Reisezeit hatte sie vor sich, mit Bus und Bahn. Sie schlug das Buch auf, suchte die Stelle, wo sie das letzte Mal stehen geblieben war. Hier, oder hier, sie wusste es nicht mehr, ihr Hirn fasste so wenig. Der Bus schaukelte, die Augenlider wurden schwer. Sie lehnte den Kopf gegen die vibrierende Scheibe. Von ferne die Ansagen, eine nach der anderen. Bahnhof. Sie stieg aus, ging zum Bahnsteig. Die Bahn stand bereits da. Auf den Sitzplätzen Zeitungen und zerknüllte Papiertüten. Sie fand einen Platz ohne Müll und Menschen. Das Polster roch stark, nach altem Schweiß, oder war es Urin. Sie konnte den Geruch nicht wegdenken, er machte sich breit, kroch die Nase hoch, besetzte den Gaumen. Sie nahm ihre Tasche und ging weiter zwischen Sitzen. Hier war kein Müll, die nächste Person erst zwei Reihen weiter. Sie setzte sich, stellte die Tasche neben sich, suchte das Handy. 09.56. Keine Nachricht. Sie schrieb an Luca:

Bin um ca. 10.30 bei dir. Kann ich etwas mitbringen? Lg, Mama.

Sie sah Lucas linke Hand vor sich, wie sie das Handy umfasste, sah den Daumen sich bewegen, langsam, das richtige Feld suchend, bevor er es antippte. Die rechte Seite war noch immer gelähmt. Mit links konnte er Buchstaben wählen, feinmotorisch trainiert von einer Physiotherapeutin. Stift und Papier wies Luca seit dem Besuch der beiden Polizeibeamten zurück. Sie waren mit ihr an Lucas Bett gestanden. Er hatte mit zittrigen Fingern einen Stift umfasst, auf einen Block geschrieben. gELd HoLEN für ferIEN MIT ALaiN UND JONAs mit inNTERRAIL nadH spAnIEN. Der Stift fiel zu Boden. Sie kroch auf den Knien, suchte zwischen den Füßen des Beamten, der neben Lucas Tischchen stand und mit seinen behaarten Fingern den Schreibblock fixierte, damit er nicht rutschte. for dem Bankomat SCHWINDLIg mehr WEIss ICH nitCHT. Luca mit Schweißtropfen auf der Stirn, fahl im Gesicht. Er hatte den Block vom Tisch gefegt, nachdem die Beamten gegangen waren.

Lass ihn, hatte Jan gesagt, als sie später klagte, dass Luca keinen Stift mehr anrührte. Mit dem Handy schreiben ist doch auch gut. Aber er muss doch schreiben können. Er kann ja schreiben. Aber, sagte sie, das ist doch nicht schreiben, richtig schreiben. Jan hatte vom Teller hochgeschaut. Wieso redest du immer nur davon, was nicht richtig ist, was nicht funktioniert? Aber. Wieso siehst du nie das, was vorhanden ist? Doch, sagte sie, das sehe ich. Dann zeig es ihm!, hatte Jan gerufen und sich vom Tisch erhoben. Sag nicht immer, er kann nicht richtig schreiben, er äffte sie nach, und richtig gehen kann er auch nicht mehr. Ja, Vera, da hast du recht! Aber er lebt, unser Kind lebt!

Jan hatte sich vor den Fernseher gesetzt, und sie war nach oben gegangen. Sie legte sich ins Bett und starrte auf den Riss in der Decke. Die Stimmen im Fernseher schallten zu ihr hoch, sie hielt sich die Ohren zu und drehte sich auf die Seite, um das Stecknadelkissen zu sehen und die bunt beklebte Kartonschachtel und den Kartenhalter mit der Karte. ALLES LIBE ZUM MUTERTAG DU BIST DIE BESTE MAMA DER WeLt.

Ihr Handy vibrierte. Die Antwort von Luca.

Ok nein

Nie wollte Luca, dass sie ihm etwas mitbrachte. Er hatte den Kopf geschüttelt, als sie die Packung mit Sanbitter-Fläschchen aus der Tasche gezogen hatte. Aber du magst sie doch, sagte sie. Willst du lieber Orangen?, hatte sie gefragt und beim nächsten Besuch Orangen mitgebracht, und er hatte eine so heftige Bewegung mit dem linken Arm gemacht, dass er ihr die Tüte aus der Hand schlug. Sie hatte die geplatzten Früchte vom Boden gesammelt und Luca vor sich gesehen, das Kinn nass vom Saft, Fruchtfleisch von den Orangenschnitzen nagend, die sie für ihn geviertelt hatte. Seither schaute sie weg, wenn sie beim Einkaufen an Marsriegeln, Käserondellen und Frühstücksflocken vorbeiging, die er zu jeder Tageszeit aus großen Tellern in sich hineingeschaufelt hatte, mit sehr viel Milch und Zucker. Mama, mach kein Theater wegen ein bisschen Zucker.

Soll ich dir ein Buch bringen?, tippte sie.

Vielleicht sagte er Ja heute, weil er genug vom Game hatte, das er spielte, den Blick starr auf den Bildschirm gerichtet. Die Linke über der Tastatur schwebend, bereit, die richtige Taste zu drücken. Die Finger jeden Tag ein bisschen wendiger im Befehlegeben, die Wangen rot wie früher, als er Bücher las, unansprechbar, gefangen in schaurig schönen Welten. So warme Wangen wie damals, als er noch im Bett saß und las und sie zum Gute-Nacht-Sagen nach oben ging. Nur diese Seite fertig lesen, Mama, bis hier. Seine Iris in raschem Hin und Her von Zeile zu Zeile springend, die Lippen leicht geöffnet. Nur den Satz fertig, Mama.

Vielleicht sagte er heute Ja, und sie könnte ihm ein Buch auswählen. Nicht so viele Bücher wie damals, als sie in der Bibliothek Lesestoff gesucht hatte für Luca, sie hatte in der viel zu schweren Jacke geschwitzt und sich bereits auf seinen Jubel gefreut, wenn er die Stapel zu Hause durchsehen würde.

Sie zögerte kurz, drückte dann auf Senden. Die Antwort kam sofort.

Nein

Ihr wurde warm. Er wollte weiter auf Passanten in Straßen schießen und Kunden an Bankschaltern niedermähen. Sie kannte die Bilder aus Zeiten, in denen er ihr noch gezeigt hatte, wie er mit Pumpgun und Messer hantierte, Schlagstock und Laserkanone. Sie war hinter ihm gestanden, hatte über seine Schulter auf Mündungsfeuer geblickt, sah Blut in Fontänen hochschießen. Hörte im Kopfhörer die Schusssalven und die Schreie derjenigen, die mit zerfetzten Hirnen und ohne Arme und Beine durch die Luft flogen.

Ihr Handy vibrierte. Eine Nachricht von ihrer Mutter.

Wie geht es Luca?

Schlecht, und wie geht es dir? Genießt du dein Leben in Kopenhagen? Ihre Ohren wurden noch wärmer, während sie ihre Antwort tippte. Der Daumen verharrte kurz. Doch. Nachricht senden. Sie ließ das Display nicht aus den Augen, wartete auf das kurze Vibrieren in ihrer Hand. Keine Nachricht. 10.11. Auch keine um 10.12, 10.13. Sie sah den Regentropfen zu, presste die Stirn an die Scheibe. Schloss die Augen bis zur richtigen Haltestelle. Endlich konnte sie frische Luft atmen, den Geschmack von Eisenstaub im Mund loswerden. Es tropfte noch ein wenig vom Himmel. Sie ging mit Abstand hinter denen her, die dasselbe Ziel hatten wie sie. Kein Wort wollte sie tauschen mit jenen, die meinten, etwas teilen zu müssen. Eine Baumwurzel hier, die den Weg sprengte, Hundekot, dem sie auswich. Ihre Hand umklammerte noch immer das Handy. Keine Antwort. Ihr Schlag war ins Leere gegangen, einmal mehr. Vom nordischen Licht gefressen, in dem sich ihre Mutter vor vielen Jahren aufgelöst hatte. Lass sie in Ruhe, hatte Jan immer wieder gesagt, sie schuldet dir nichts. Doch, sagte sie, Zuneigung. Vera, sagte Jan und zog sie an sich, du weißt doch, dass deine Mutter nur ihre Männer lieben kann. Aber Luca, sagte sie. Lass deine Mutter, wo sie ist. Mach es besser. Warum, hatte sie gesagt und sich aus seinen Armen gewunden, tönt das wie ein Vorwurf? Bin ich denn keine gute Mutter? Was willst du, sagte Jan, was willst du hören? Da steckte bereits ein Kloß in ihrer Kehle. Warum, hatte sie geflüstert, kannst du nicht einfach sagen, was du denkst? Du bist eine wunderbare Mutter, sagte Jan. Sie sagte später den Satz vor sich hin, wieder und wieder. Bis er schal klang. Zu dürftig für das, was folgte. Luca, schreiend und tobend und tagelang sprachlos, in seiner Wut verstiegen. Luca, unfassbar, arrogant. Luca, Herrscher über ihr Befinden. Ein kurzer Blick von ihm ließ sie aufatmen, ein halbes Wort jubilieren, ein böser Satz einbrechen. Sie war keine gute Mutter. Luca, der den Fleiß verlor und die Achtung vor den Lehrern, Luca mit Strafen und Verweisen. Jan mit strenger Stimme, ernsten Worten, die im Nichts verklangen, und sie in seinem Windschatten, Beschwörungen murmelnd, nutzlos. Die wunderbare Mutter, von Zweifeln zernagt.

Guten Tag. Sie zuckte zusammen. Ein bleiches kleines Gesicht war ihr zugewandt. Es gehörte zum Empfang. Sie war bereits in der Rehabilitationsklinik, jetzt konnte sie es riechen. Sie nickte und ging weiter zum Fahrstuhl, an fettig glänzenden Gummibäumen vorbei. Wie vertraut ihr die Gummibäume waren. Als ob sie hier zu Hause wäre. Sie kannte den Rhythmus im Fahrstuhl, in dem die Zahlen aufleuchteten, 2, 3, 4. Sie wusste mit geschlossenen Augen, wann die Tür sich öffnete. Sie ging den Flur entlang. Er glänzte weniger als im Traum vom Flur mit glänzendem Boden, dem sie folgte, ohne Luca zu finden, und Alain und Jonas fuhren kein Wettrennen im Rollstuhl. Sie ging zur Nummer 45 und spürte etwas. Nicht bloß Angst. Freude? Ja, ein wenig. Sie war überrascht. Sonst war sie immer ängstlich, auch früher schon, bevor sie blanken Fluren entlangging. Angst wovor?, hatte Jan gefragt, als sie ihm davon erzählte, dass sich immer Angst vor ihre Freude schob. Dass es anders wird, als ich denke. Dass es weh tut. Was es?, hatte Jan gefragt. Alles Mögliche.

Hallo Frau Gerber. Ezhi ging vorbei, das Mädchen mit den kohlschwarzen Augen und Haaren. Hallo Ezhi, sagte sie und versuchte zu lächeln. Nun stand sie vor der Nummer 45, legte die Hand auf die Falle. Ein kurzes Klopfen, dann öffnete sie die Tür und trat ins Zimmer. Lucas Beine sah sie als Erstes, bis zu den Knien, lang auf dem Bett ausgestreckt, in Trainingshose. Nackte Füße. Er zieht wieder keine Socken an, dachte sie. Sie hörte Schusssalven und Schreie, gedämpft von Lucas Kopfhörern. Er müsste es aber trainieren, das Sockenanziehen, er müsste trainieren statt spielen. Immer spielen. Sie machte drei Schritte, an der Badezimmertür vorbei, dann konnte sie Luca ganz sehen. Er saß auf dem Bett, Kissen im Rücken, Kopfhörer auf, das Tischchen mit dem Computer vor sich. Die dunklen Haare stumpf in Strähnen. Er sollte sie waschen. Er sollte mehr duschen. Warum sorgen sie hier nicht dafür, dass er nicht so aussieht? Sie stand mit einem Lächeln vor Luca und wartete darauf, dass er vom Bildschirm weg zu ihr hin schaute. Sah seiner linken Hand zu, die die Computermaus steuerte und sie mit harten kurzen Schlägen aufs Tischchen knallte. Hallo Luca, sagte sie. Er nickte kurz, den Blick auf den Bildschirm gerichtet. Seine Mission, dachte sie und ging zum Fenster, um nicht mehr blöd neben Lucas Bett zu stehen, seine Mission geht vor, wie immer. Sie musste zu Ende gebracht werden, erst dann wandte Luca den Blick vom Bildschirm weg und ihr zu. Die Jalousien waren halb geschlossen. Missionen wurden im Halbdunkel erfüllt. Lass das Licht ein!, hatte sie zu Hause gerufen und die Storen hochgezogen, während Luca fluchend seinen Gegner verfolgte, der im hellen Sonnenlicht von der Bildfläche verschwunden war. Du machst alles kaputt, Mama.

Jetzt wollte sie nichts kaputt machen und wartete am Fenster. Auf den Lamellen der Jalousien lag Staub wie Ruß. Sie schaute in den grauen Himmel und hörte Schüsse aus der Pumpgun, bis ihr Handy vibrierte. Hallo Mama

Sie wandte sich Luca zu, der nun ohne Kopfhörer saß, das Handy in der Linken. Still war es im Zimmer, nur Ezhi lachte auf dem Flur. Luca schrieb weiter, aber nicht an sie, ihr Handy vibrierte nicht mehr. Hallo Luca. Das sagte sie schon. Sie biss sich auf die Lippen. Wie geht es dir. Auch das hatte sie gefragt, vor zwei und drei und vier Tagen und letzte und vorletzte und vorvorletzte Woche. Luca sah vom Handy hoch und kurz zu ihr hin. Seine Iris war schwarzdunkel. Sie versuchte, etwas hinter der blanken Fläche zu erkennen. So wie früher, als sie das schwelende Glimmen im linken Auge zu deuten wusste oder das kurze Aufflackern rund um die Pupillen den Ausbruch ankündigte, der folgte.

Jetzt aber prallte sie am gleichmäßig harten Glanz ab und erschrak, als ihr Handy vibrierte. Jan.

Wie geht es Luca? Und wie geht es dir?

Liebe Grüße von Papa, sagte sie. Luca nickte und tippte. Ihm auch. Er fragt, wie es dir geht, sagte sie, aber Luca beachtete sie nicht mehr und tippte weiter. Wem schrieb er Nachrichten? Vielleicht Jan, durchzuckte es sie. Er sagt Jan, wie es ihm geht, aber mir nicht. MAMA IST BLÖD PAPA IST LIB. Wem schreibst du? Sie horchte ihrer Frage nach. Luca schaute nicht auf. Ihr Handy vibrierte. Eine Nachricht von Luca: Chatten halt

Ja, sagte sie, mit wem? Mit Alain und Jonas? Warum besuchen sie dich nicht mehr? Luca sah kurz zu ihr hoch, schrieb wieder. Ihr Handy vibrierte.

Imer am dinstag

Dienstag?, sagte sie verblüfft. Da hast du doch den ganzen Tag Therapie. Luca tippte. Ihr Handy vibrierte nicht mehr. Alain und Jonas besuchten Luca immer am Dienstag. Dann hast du also weniger Therapiestunden?, fragte sie, seit wann? Luca tippte. Und immer am Dienstag kommen Alain und Jonas? Sie hörte sich reden, unangenehm laut. Ihr Handy vibrierte.

Was hast duist doch toll gute freunde sagst du immer

Sie wischte sich die Stirn, wandte sich zum Fenster, das man nicht öffnen konnte. Die Luft war so stickig hier. Komm, sagte sie und griff nach der Krücke, die an den Tisch gelehnt stand. Gehen wir eine Runde. Ihr Handy vibrierte.

Heute nicht

Komm schon, sagte sie, das tut dir gut. Sie klopfte mit der Krücke auf den Boden. Luca tippte wieder, sie wartete. Keine Nachricht für sie. Sie stand blöde mit der Krücke, spürte ihre heißen Ohren. Du brauchst Übung, Luca, das weißt du. Komm bitte. Sie krächzte ein wenig. Was sollte sie tun, verdammt. Ihre Faust am Krückengriff war schweißnass. Luca starrte auf das Display, sie auf seine Finger. Die Fingernägel sind zu lang, noch immer sind sie zu lang, wer schneidet seine Fingernägel? Soll ich dir die Fingernägel schneiden?, hatte sie vor Tagen gefragt. Nein, hatte Luca geschrieben. Immer nein, immer keine Antwort, immer diese schmutzig verfilzten Haare und die nackten Füße ohne Socken. Dabei müsste er gehen üben. Damit er von diesem elenden Bett aufstehen und über den langen Flur gehen konnte, bis zum Fahrstuhl und dann durch die Eingangshalle und raus aus diesem Haus, in dem es nach Zerfall roch und verzweifelten Menschen. Sie wusste nicht, was sie gesagt hatte, sie sah kurz Lucas dunklen Blick und ging zur Tür, ein Scheppern im Ohr. Sie hörte die Tür ins Schloss fallen und hastete den Flur entlang. Frische Luft, schnell. Sie nahm die Treppe. Drei vier fünf Stufen, erster Treppenabsatz. Sie stolperte, wurde langsamer. Auf dem zweiten Treppenabsatz hielt sie inne, wischte sich den Schweiß aus den Augen. Was tat sie da. Ihr Kind lag halb gelähmt. Und sie rannte davon, die wunderbare Mutter. Sie biss sich in den Handballen, sank auf die Treppenstufe. Ihr Handy vibrierte in der Hosentasche, sie sprang auf. Luca suchte sie. Es war eine Nachricht von Jan.

Bist du noch bei Luca? Wie geht es ihm?

Sie zog sich die Treppe hoch, plötzlich erschöpft und mit zitternden Knien. Im Flur schlich sie an Ezhi mit dem Esswagen vorbei zur Nummer 45. Öffnete leise die Tür. Lucas Beine bis zu den Knien, lang auf dem Bett ausgestreckt, in Trainingshose. Die Füße nackt. Aber das war egal, Luca war hier, ihr Kind. Schusssalven und Schreie, gedämpft von den Kopfhörern. Sie machte drei Schritte, sah Luca auf dem Bett, Kissen im Rücken, Kopfhörer auf, das Tischchen mit dem Computer vor sich. Seine Linke steuerte die Computermaus, knallte sie mit harten kurzen Schlägen aufs Tischchen. Sie ging zum Tisch am Fenster. Die Krücke lag am Boden, sie hob sie auf, lehnte sie sorgfältig an die Wand neben Lucas Bett. Wischte ein paar Krümel vom Tisch, denn gleich würde Ezhi das Tablett bringen, Rehabilitationskost für Luca. In den ersten Tagen war das Essen püriert gewesen, damit es besser gleiten konnte, nach einer Woche gehackt und geschnetzelt. Sie würde sich zu Luca an den Tisch setzen und aufhören mit dem Hadern darüber, dass sie nicht mehr für ihn kochen konnte, Riz Casimir und Schweinefilet mit Cognacrahmketchupsauce. Sie würde ihm beim Schneiden helfen, falls er das wollte. Sie schaute mit einem Lächeln zu ihm. Es tut mir leid wegen vorhin, sagte sie. Luca starrte auf den Bildschirm. Schüsse drangen aus seinem Kopfhörer. Es regnete wieder, auf dem Dach nebenan sprangen Tropfen in die Pfützen. Etwas Rotes mischte sich ins Wasser, was war das, Blut? Da lag einer, von Kugeln durchsiebt. Diesem Mann also hatten die Gewehrsalven gegolten. Die Wasserlache leuchtete jetzt rot. Die Schuld soll ihn erschlagen. Erlöse ihn nicht von dem Bösen, das er meinem Kind brachte. Ein Würgen in der Kehle. Bitte nicht, dachte sie, jetzt nicht auch noch weinen, sich nicht mit geröteten Augen Luca zuwenden müssen. Luca wollte keine weinende Mutter. Nein, Mama, hatte er früher gesagt und mit einem klebrigem Händchen auf sie eingehauen. Mama nein. Später warf er ihr nur kurz einen prüfenden Blick zu und verzog sich in sein Zimmer, ignorierte sie auch Stunden danach, dann, wenn sie sich wieder gefasst und mit fester Stimme geredet hatte, als Beweis dafür, dass kein Kloß mehr in der Kehle saß.

Jetzt schluckte sie und erschrak, als die Jalousie sich nach oben bewegte. Sie wandte sich um, sah Ezhi einen Schalter bei der Tür bedienen. Der Junge braucht doch Licht. Luca klappte den Computer zu und legte ihn auf den Korpus neben dem Bett, den Kopfhörer noch immer auf dem Kopf. Kann ich dir helfen?, fragte sie. Luca schüttelte den Kopf. Ezhi kam mit einem Tablett, stellte es auf das Tischchen vor Luca hin, wünschte einen guten Appetit. Aber, sagte sie, du stehst doch sonst zum Essen auf? Luca griff zum Handy, tippte. Ihr Handy vibrierte.

Aufsteen??????

Ich meine. Sie stockte. Ich meine, dass du dich an den Tisch setzt. Luca tippte, ihr Handy vibrierte.

Heute nicht

Er legte das Handy weg, nahm die Wärmeglocke vom Teller. Heute nicht? Sie starrte in den Dampf, der von Nudeln und Broccoli aufstieg. Das geht nicht, dachte sie, sich nicht an den Tisch setzen, wer erlaubt das? Aber du kannst doch nicht immer nur im Bett liegen, im Bett sitzen, wollte sie sie sagen, du musst dich bewegen, Luca, sie wollte ihm die Haare zerzausen im Spiel, wie früher, hei, Junge, beweg dich mal. Sie starrte auf die graubraune Soße und Lucas Linke, die mit eckigen Bewegungen Kleingeschnittenes auf den Löffel hievte. Ich stehe hier blöd rum, dachte sie und setzte sich. Tiefer als das Bett war der Stuhl, sie sah Luca jetzt ein bisschen von unten und das graubraune Durcheinander auf seinem Teller nicht mehr. Sie hörte ihren Magen knurren und dachte: Ich habe noch nichts gegessen, aber was essen? Weder Nudeln noch Geschnetzeltes. Um ein wenig Broccoli könnte sie Luca bitten, er könnte ihr eine Gabel voll reichen. Luca, sagte sie, kannst du mir bitte eine Gabel mit Broccoli reichen. Sie hörte Luca kauen, dann legte er die Gabel weg und griff zum Handy. Ihr Handy vibrierte.

Bestel dir doch selber brocoli

Sie erhob sich vom Stuhl und wandte sich dem Fenster zu, die Hand um das Handy geklammert. So heiß war das Display, dass es brannte. Sie starrte in den Regen hinaus und auf das Dach des

Nachbarhauses. Der Mann war verschwunden, das Blut auch. Auf der Wasserlache sah sie nun Wellen, die größer wurden, kleine nackte Füße stampften auf, dass es nach allen Seiten spritzte. Diese dünnen Waden kannte sie, sie gehörten zu Luca, und das Unterhemdchen hatte er mit drei Jahren getragen, es hatte seine schmalen Schultern hervorgehoben, so schmale Schultern. Jetzt klebte es nass über seinen Rippen. Die feingliedrigen Arme schlenkerte er freudig im Takt der Schritte. Es spritzte lustig hoch und Luca lachte, er strahlte über das ganze Gesichtchen, die kleinen Zähne leuchteten im trüben Grau des Regens. Er drehte sich, die Arme in die Luft gereckt, drehte sich um sich selbst, wieder und wieder. Sie konnte ihn trotz der Glasscheibe hören, sein Glucksen und Quietschen. Luca, flüsterte sie. Ihr Handy fiel zu Boden, als sie ihre brennende Handfläche gegen das kalte Glas presste. Luca. Zu ihren Füßen vibrierte das Handy. Sie wandte den Blick von ihrem Kind ab, das dort im Regen draußen tanzte, und bückte sich, um das Handy aufzuheben.

Hör mit dem heueln Auf bist du gelämt oder ich???

März 2014

Jan saß mit Kaffeetasse und Zeitung da, als sie in die Küche kam. Guten Morgen. Sie küsste ihn auf die Schläfe. Guten Morgen, murmelte Jan und hob den Blick nicht von der aufgeschlagenen Zeitung. Ein Bild von einer jungen Frau mit Pferdeschwanz, das Profil abgewandt.

»›Es würde mir das Herz brechen‹«, stach ihr eine Schlagzeile ins Auge, darunter fett gedruckte Sätze.

»Ein 15-Jähriger brach vor einem Bankomaten zusammen und wurde von mehreren Passanten liegen gelassen. Er erlitt einen Hirnschlag und ist teilweise gelähmt. Seine Exfreundin trauert. Das Brisante daran: Sie hätte ihm helfen können.«

Ist das, sagte sie, wer ist das? Ihr Herz klopfte heftig. Sie sollte Zeitungen meiden, sie wusste es, aber jetzt konnte sie nicht mehr wegsehen.

»›Er war so lieb‹, sagt die zierliche 15-Jährige

mit Tränen in den Augen. S.W. war für vier Monate die Freundin von L.G., der seit seinem Hirnschlag teilweise gelähmt ist. Ein Unternehmer war dem 15-Jährigen nicht zu Hilfe geeilt, als dieser neben ihm am Bankomaten zusammengebrochen war. Noch ist offen, ob der 52-Jährige wegen unterlassener Nothilfe angeklagt wird. Von seiner Kandidatur für den Gemeinderat ist er zurückgetreten.«

Sie ging zum Herd, setzte Wasser auf, wandte sich Jan zu. Er hob langsam den Blick von der Zeitung, sah zu ihr hin, faltete die Zeitung zusammen. Ich nehme sie mit, okay? Nein, sagte sie. Er hob die Brauen. Du willst das lesen? Ja. Sie zog die Zeitung zu sich herüber, schlug sie auf. Aber du weißt, dass es dir nicht guttut. Sie blätterte bis zum Artikel.

»Für das Handeln des Expolitikers bringt Freundin S.W. wenig Verständnis auf. ›Er hat doch zugesehen, wie L. zusammenbrach. Was kostet es schon, die Polizei zu rufen?‹ Sie hütet sich jedoch davor, mit Steinen zu werfen. Denn S.W. sitzt selber im Glashaus: Die Videokameras der Bank filmten zehn weitere Personen, die an dem zusammengebrochenen Teenager vorbeigingen, ohne sich um ihn zu kümmern. Und eine der Personen war sie selbst: S.W., die Exfreundin des Opfers.«

Vera? Jan fasste nach ihrer Hand.

»›Ich habe ihn nicht gesehen.‹ S.W. beteuert es unter Tränen. Die Verzweiflung steht ihr ins Gesicht geschrieben. Zwei Befragungen bei den zuständigen Behörden hat sie schon hinter sich. Eine Qual für sie, die sich als ›mega hilfsbereit und aufmerksam‹ bezeichnet. Sie weiß genau, wieso sie an jenem Sonntagabend beim Bankomaten bloß Augen für das Display ihres Telefons hatte: Ihr Freund machte soeben Schluss – per SMS. Genau in dem Moment, als sie fünfzig Franken abhob. Für ihn, der dauernd in Geldnot steckte.«

Vera, lass das. Jan wollte nach der Zeitung greifen. Sie schob seine Hand weg.

»S.W. muss keine Anklage wegen unterlassener Nothilfe befürchten. Auch die anderen neun Personen, welche den Jungen liegen ließen, werden nicht belangt, weil sie im Unterschied zum Expolitiker den Sturz nicht miterlebt haben.«

Sie setzte sich.

»Wie schwer lasten Schuldgefühle auf der

zierlichen jungen Frau? ›Sehr schwer. Zum Glück unterstützen mich meine Eltern.‹ Diese halten sich im Hintergrund. Gab es eine Begegnung mit Exfreund L.G., seit er behindert ist? S.W. schüttelt den Kopf. ›Es würde mir das Herz brechen.‹ Getrennt haben sich die beiden im Mai letzten Jahres. ›Er wollte sich vermehrt auf den Sport konzentrieren.‹ Tönt da Bitterkeit mit? ›Nein. Wir hatten eine schöne Zeit.‹«

Das Wasser kochte, sie erhob sich, schob die Pfanne zur Seite, setzte sich wieder, sah auf das Bild mit Pferdeschwanz und abgewandtem Profil. Sara Werren.

Sie ist nur eine Kollegin, Mama!, hatte Luca gerufen, reg dich ab. Aber es ist doch schön, wenn du eine Freundin hast. Sie ist jederzeit willkommen. Sara kam zum Nachtessen, sie aßen zu viert Fajitas und lachten über Luca, der den Deutschlehrer imitierte. Sie schaute Sara zu, wie sie ihre langen blonden Haare über die Schultern warf und dabei zu Luca sah, die Wangen leicht gerötet. Später waren die beiden in Lucas Zimmer verschwunden und Jan und sie gingen an ein Konzert. Küssen sie sich jetzt?, hatte sie in der Pause gefragt. Jan hatte gelacht, und während der zweiten Hälfte des Konzerts hatte sie noch immer den Duft von Saras Haaren in der Nase, Kokos und Lindenblüten.

Warum tut sie das?, fragte sie. Jan stand bei der Kaffeemaschine, wandte ihr den Rücken zu. Gier nach Aufmerksamkeit, sagte er, ein wenig Scheinwerferlicht im braven Leben einer Gymnasiastin. Ich meine nicht das, sagte sie. Wieso hat sie ihn liegen lassen? Jan drehte sich schnell um. Nein, sagte er, und sie erschrak ob seiner Heftigkeit. Du meinst doch nicht etwa, dass sie es mit Absicht getan hat? Wie kannst du so etwas nur denken!

Sie schob die Zeitung von sich. Sah sich wieder in der Eingangstür stehen und nach Lucas Handy greifen, das er auf den Schuhschrank gelegt hatte. Er rannte nochmals nach oben, um ein Heft zu holen. Hastig bewegte sie ihren Daumen über das Display. Viele Nachrichten von einer Michelle, von der sie noch nie gehört hatte, und Antworten von Luca dazu. Sie hatte das Handy zurückgelegt, mit rasendem Herzen, bevor Luca in der Garderobe erschien.

Wie geht es mit Sara?, hatte sie am Abend gefragt und Luca hatte gezischt: Das geht dich nichts an. In der Nacht danach träumte sie vom kleinen Luca, der unter der Decke mit Buchstabenmuster schlief, von Dämmerlicht beleuchtet. Die dunklen Löckchen kräuselten sich feucht im Nacken, im Arm hielt er den Hasen. Guten Morgen, sagte sie und beugte sich über ihn, du musst langsam aufwachen, lieber Luca. Sie wollte die weiche Wange küssen, zuckte zurück. Da lag ein riesiger Pinguin mit dickem weißem Bauch und fettglänzendem Gefieder, der nun die Decke wegstrampelte, mit Flügelflossen und Schwimmhäuten an den kurzen Füßen. Geh weg, sagte der Pinguin, du stinkst nach Kaffee. Wo ist Luca?, fragte sie. Der Pinguin lachte mit wackelndem Bauch, umfasste den zappelnden Fisch in seiner Flügelflosse fester. Du hast Mundgeruch, sagte er, geh jetzt. Und sie ging aus dem Zimmer und aus dem Haus, ohne Schuhe anzuziehen, obwohl es schneite. Sie begann zu rennen. Luca konnte nicht weit sein. Dort, da vorne stand jemand, ihr zugewandt, und wartete. Es war ein junges Mädchen. Sie erkannte das Gesicht, als sie näher kam. Sara. Die langen Haare standen ihr in Strähnen vom Kopf ab, zu Eiszapfen gefroren. Hallo Frau Gerber, sagte das Mädchen. Ich bin doch Vera für dich, sagte sie. Viel Spaß mit dem Pinguin, sagte das Mädchen und griff sich an den Kopf, machte eine heftige Bewegung. Etwas Hartes traf ihr Gesicht und fiel zu Boden. Es waren Haarsträhnen aus Eis, am einen Ende mit Kopfhaut verbunden. Der Schnee wurde ein wenig rot.

Vera. Sie erschrak, als Jan ihr die Hände auf die Schultern legte. Er stand hinter ihr. Entspann dich. Sara hat ihn nicht gesehen. Das ist alles ein unglücklicher Zufall. Ein sehr unglücklicher Zufall. Sie fuhr sich über die Stirn, nickte. Ja, sagte sie. Ich muss jetzt wirklich gehen, sagte er und nahm seine Hände von ihren Schultern. Musst du nicht auch zur Arbeit? Er küsste sie auf den Scheitel und ging. Sie legte einen Teebeutel in die Tasse, goss Wasser ein, wischte weg, was sie verschüttete. Die Zeitung knüllte sie zusammen und warf sie in den Abfalleimer, die verblühten Tulpen aus der Vase dazu. Das Blumenwasser stank, als sie es in den Ausguss schüttete. Sie würgte kurz, spuckte ins Becken, spülte lange mit Wasser nach. Ihr Handy vibrierte. Eine Nachricht von Luca.

Musst du nicht zur Arbeit

Doch. Bist du schon wach? Ich stelle dir das

Frühstück in der Küche bereit. Im Kühlschrank hat es Spaghetti, du kannst sie dir zum Mittagessen wärmen.

Ok

Ich komme noch kurz rauf, bevor ich gehe.

Nicht nöig

Mach bitte deine Übungen.

Keine Antwort von Luca. Dabei musste er die Übungen machen, die ihm in den Therapiestunden gezeigt wurden. Alles Notwendige ist aufgegleist, hatte Doktor Nagy beim Austrittsgespräch in der Rehabilitationsklinik gesagt und ihr zugelächelt, damit Sie Ihren Sohn zu Hause optimal begleiten können. Luca durchlief alle kurativen und rehabilitativen Maßnahmen in Form einer koordinierten, multiprofessionellen und interdisziplinären Teamarbeit. Die neuronale Plastizität des Gehirns in den ersten Wochen nach dem Hirnschlag wurde therapeutisch optimal genutzt. Doktor Nagy hatte geredet und Luca in die Ecke des Sprechzimmers gestarrt. Jan und sie nickten. Ja, das sahen sie. Die linke Seite konnte Luca wieder gebrauchen. Seine Fingerfertigkeit war so weit fortgeschritten, dass er Socken mit einer Hand anziehen und Zahnpasta auf die Zahnbürste drücken konnte. Schuhe band er wie ein Kindergärtner. Wenn er ein Butterbrot schmierte, schmierte er vieles daneben. Seine rechte Seite war noch immer gelähmt. Die Maßnahmen, sagte Doktor Nagy, sind fortzusetzen. Er reichte Jan die Unterlagen und drückte ihr die Hand, dass es schmerzte.

Am Tag von Lucas Rückkehr vor vier Monaten hatte sie Buchstaben aus buntem Papier geschnitten und sie zur Begrüßung über dem Eingang aufgereiht: Willkommen zu Hause! Lieber Luca, sagte sie, als er im Türrahmen stand, gestützt von Jan und der Krücke. Sie umarmte ihn. Er erstarrte. Die bunten Buchstaben ließ er unbeachtet. Sie hatte Riz Casimir gekocht, schöpfte Kirschen und Pfirsiche und grell leuchtendes Curry, arrangierte Reis in Halbkugeln auf vorgewärmten Tellern. Jan hatte Luca nach oben in sein Zimmer begleitet. Sie war am gedeckten Tisch gesessen und hatte zugesehen, wie sich die Currysoße auf den Tellern mit dünner Haut überzog. Es ist doch sein Lieblingsessen, sagte sie, als Jan wieder herunterkam. Was tut er denn jetzt, allein dort oben? Jan hatte mit den Schultern gezuckt. Lass ihn doch ankommen. Sie saß noch lange am Tisch, nachdem Jan zur Arbeit gefahren war. Später hatte sie die kalten Reiskugeln zusammen mit verklumpten Soßenfleischfetzen von den Tellern geschoben, sie waren im Dunkel des Abfalleimers verschwunden, von kirschroten Punkten durchsetzt.

Versprich mir, tippte sie jetzt, dass du deine Übungen machst. Es ist wichtig.

Ok

Nichts würde er machen, sie wusste es. Sie sah ihn vor sich. Ein halb aufgesetzter Kopfhörer, die Hand hebend. Jetzt nicht stören. Sie sah sich im Türrahmen seines Zimmers mit dem Tablett in der Hand stehen. Mittagessen für Luca, Kalbsbratwurst und Kartoffeln, Salat. Nicht mehr in Stücke geschnitten, Luca schnitt selber. Allein, weil sie seit Wochen mittags das Tablett in sein Zimmer hochtrug, wenn sie nicht außer Haus war. Sie konnte keine Mittagessen mehr mit ihm ertragen. Das Schweigen. Das Geräusch seiner mahlenden Kiefer. Schmatzen zwischendurch. Der Blick an ihr vorbei auf den Teller. Beim Nachtessen saßen sie zu dritt am Tisch. Jan bemühte sich darum, Sätze an Luca und sie zu richten. Erzählte von missratenen Experimenten, langweiligen Protokollen, die er zu schreiben hatte. Anekdoten von lustigen Kollegen. Lucas Gesicht, unbewegt, die Kiefer mahlend. Das Neuste vom Fußball, von Jan rapportiert. Wieder eine rote Karte zu viel. Trainer entlassen, Spieler gekauft. Ab und zu hob Luca den Kopf, plötzlich ein Glimmen in den dunklen Augen, sie freute sich und spürte einen Stich. Wenn er doch viel mehr den Kopf heben würde. Ja sagen, mit dem kehligen Laut aus seiner Kehle. Aber Luca blickte schnell wieder auf den Teller. Sie gab sich Mühe, den Sätzen von Jan etwas hinzuzufügen. Erzählte vom Stau, in dem sie auf der Fahrt ins Therapiezentrum gestanden waren. Vom schwierigen Kunden, den sie überzeugen konnte. Jan nickte ab und zu, Luca hielt den Kopf gesenkt, und sie redete weiter, um die Zeit zu überbrücken, bis sie alle aufstehen und ihre Wege gehen konnten. Sie zum Geschirrspüler. Jan zu den Zigaretten. Luca in sein Zimmer. Aber erst, nachdem er die Tablette geschluckt hatte, die sie ihm täglich reichte. Damit er nicht in Tiefen versank. Seine Welt ein bisschen bunter wurde, wie der Psychiater es ausgedrückt hatte, den sie beiziehen mussten. Dass Luca sich am nächsten Morgen besser aus dem

Bett hochstemmen, bis zum Auto gehen konnte, um mit ihr zur Therapie zu fahren. Damit Luca etwas von Herrn Becher lernte, dem hageren Mann, der ihn zu Hause unterrichtete, zweimal die Woche, Schäden im Hirn hin oder her. Die beiden am Tisch im Wohnzimmer, und sie kochte mit schweißnassen Händen Tee, während sie den Bemühungen ihres Sohnes folgte. Englische Vokabeln schoben sich vor, verdrängten den vor kurzem wieder erworbenen deutschen Wortschatz. Luca rang zungenbrechend um Worte und Wissen. Er musste die Epoche des Absolutismus erfassen, ohne den Satz des Archimedes zu verlieren. Aber das quält ihn doch, hatte sie zu Jan gesagt. Jan schüttelte den Kopf. Er kann nicht alles gleichzeitig lernen, beharrte sie, auch wenn die aktuelle Hirnforschung es behauptet. Er wird gefordert, sagte Jan, wieso ist das auch wieder nicht recht? Gut gemacht, Luca, bemühte sie sich jeweils zu sagen, wenn Herr Becher gegangen war, und öffnete das Fenster, um den Geruch nach Gebratenem zu vertreiben, den er hinterlassen hatte.

Ich wünsche dir einen guten Tag, tippte sie jetzt, bin um 16.30 wieder zurück.

Ok

Sie trank den lauwarmen Tee. Im Kopf ein Pochen, das stärker wurde. Sie musste zur Arbeit, aber mit diesem Schmerz? Sie rieb sich die Schläfen, erhob sich, setzte nochmals Wasser auf. Es ging nicht, auch wenn Marion Ergänzungswünsche für das Gutachten hatte, die so schnell wie möglich zu erledigen waren. Die Dokumentation der Firnisabnahme brauchte zusätzliche Fotografien, die Überschreitung des Kostendachs neue Argumente, die kunsthistorische Einordnung zusätzliche Literaturverweise. Viel Arbeit für sie. Aber heute ging es nicht. Der Schmerz im Kopf verstärkte sich. Sie holte die Handtasche, suchte die Tabletten. Schluckte eine mit viel Wasser. Deine Arbeit ist wertvoll, hatte Marion wieder und wieder gedrängt, wir brauchen dich, Vera. Ich kann nicht, hatte sie gesagt, fehlende Füße und Finger und halbe Gesichter. Ich kann nicht mehr zu den Figuren hochklettern. Sie hatte es einmal probiert, als es ihr besser ging, als ihr Arzt die Dosis der Medikamente reduziert und sie ermutigt hatte. Versuchen Sie es, Frau Gerber, Sie lieben doch Ihren Job. Und sie hatte es getan, klammerte sich auf halbem Weg hoch zur Heiligen Barbara ans Gerüst, rutschte mit schweißnassen Fingern, im Kopf ein Schwindel. Sie wurde vom Gerüst geholt, ein zitterndes Bündel. Für Schreibarbeiten tauge ich noch, dachte sie bitter, als sie später Marion nachgab und einen Bericht zum Verfahren verfasste, dem das Deckengemälde unterzogen werden sollte. Ohne die versehrte Heilige Barbara vor Augen gelang es. Sie fand passende Formulierungen und zur Überzeugung zurück, dass beim Restaurieren Sinnvolles geschah: Vergilbtes wurde zum Strahlen gebracht, Verborgenes hervorgeholt. Ein Zustand verbessert, auf Ursprüngliches zurückgeführt. Sie hatte weitere Aufträge von Marion angenommen, ein kleines Pensum Homework, das sich gut mit der Betreuung von Luca vereinbaren ließ. Sie schuf sich kleine Inseln der Konzentration und Versunkenheit an ihrem Computer. Manchmal fuhr sie für Besprechungen ins Büro von Marion, während Luca in der Therapie war. An diesen Tagen störte sie sich nicht an Luca, der auf der Fahrt zurück keine Fragen beantwortete. Sie formte Inhalte im Kopf und war etwas erstaunt, als sie in die Straße einbogen, die zu ihrer Siedlung führte. So kurz nur war die Fahrt gewesen.

Liebe Marion, schrieb sie jetzt, ich muss mich für heute entschuldigen. Es geht mir nicht gut. Sie löschte ›Es geht mir nicht gut‹. Ich habe sehr starke Kopfschmerzen und muss mich hinlegen. Lg Vera. Sie schickte die Nachricht, ging ins Badezimmer hoch, schluckte noch eine Tablette. Sie legte sich ins Bett, erhob sich nochmals, um das Handy zu holen, legte sich wieder hin.

Ich bleibe heute zu Hause, tippte sie für Luca.

Gute Besserung, lg, Marion.

Ihr Blick fiel auf das Regal an der Wand gegenüber. Ordner und lose Blätter stapelten sich kreuz und quer. Sie sollte für sich mehr Ordnung schaffen. Aber nach welchem System? Sie fing mit einem Raster an und kannte ihn das nächste Mal nicht mehr. Sie müsste sich ein zweites Regal kaufen, Ordner und Blätter besser verteilen. Aber sie hatte das Geschäft mit Möbeln nicht ertragen, diese endlosen Verkaufsräume, vollgestopft mit Tischen und Stühlen und Betten und Regalen. So viel Material bedrängte sie. Sie begann zu schwitzen, Unterhemd und Bluse klebten an ihr. Lass uns, sagte sie zu Jan, lass uns wieder gehen, es geht doch auch ohne neues Regal, das alte reicht vollkommen. Wie seltsam, hatte Jan gesagt, heute Morgen wolltest du noch eines kaufen, und jetzt nicht mehr.

Sie drehte sich auf den Rücken. An der Decke war noch immer der Riss. Er hatte sich vergrößert, reichte schon fast bis zur Wand. Es klingelte. Ihr Handy? Nein, das war die Glocke unten beim Eingang. Das Pochen im Kopf verstärkte sich. Sie musste aufstehen, nachschauen gehen. Ganz langsam, um den Schmerz im Kopf nicht zu verstärken. Sie ging zur Treppe. Ein Geräusch hinter ihr, sie wandte sich um. Luca, der auf den Treppenlift zurollte, an ihr vorbei. Er platzierte den Rollstuhl auf der Plattform, setzte den Lift in Bewegung. Sie starrte ihm hinterher. Unten angekommen, rollte er vom Lift zur Tür, drehte den Schlüssel im Schloss, schob sich nach hinten, damit sich die Tür öffnen konnte. Zwei junge Männer traten ein. Alain und Jonas, jetzt erkannte sie die beiden wieder. Sie schlugen ihre Handflächen gegen die Linke von Luca. Hi, hi. War das nicht Luca, der Hi sagte? Schon sehr lange hatte sie ihn nicht mehr reden hören. Alain schob Luca auf den Treppenlift, sie setzten sich zu dritt in Bewegung, zusammengedrängt, über etwas lachend, das sie nicht verstanden hatte. Lucas Gesicht hob sich ihr entgegen. Sein Lächeln erstarrte, als er sie erblickte. Hallo Frau Gerber, sagte Jonas. Ich bin doch Vera für euch, wollte sie sagen und sah Haarsträhnen aus Eis vor sich, die an einem Ende ein wenig bluteten. Hallo, Alain, hallo, Jonas, sagte sie und drückte die Hände, die sich ihr entgegenstreckten. Schön, dass ihr Luca besuchen kommt. Habt ihr denn schulfrei? Möchtet ihr etwas trinken? Luca rollte weiter, von Jonas sanft geschoben, Alain winkte ab. Nein, danke. Immer am Dienstagmorgen. Sie verschwanden in Lucas Zimmer, schlossen die Tür hinter sich. Sie blieb noch ein wenig bei der Treppe stehen und hörte, wie Stühle gerückt und danach Computermäuse gesteuert wurden, mit kurzen harten Schlägen auf den Tisch knallten, von Rufen begleitet.

Sie hatte Lucas Stimme noch im Ohr, als sie wieder im Bett lag. Sie schloss die Augen, sah Luca auf seinem Fahrrad in grellem Sonnenlicht eine Straße hinunterrasen, tief über den Lenker gebeugt, von Alain und Jonas verfolgt. Sie hatten kein Gepäck dabei, obwohl sie in den Ferien waren. Schweiß und Salz bedeckten ihre Haut, Straßenstaub. Sie lachten so laut, dass sie erwachte. Der Schmerz in ihrem Kopf hatte nachgelassen. Sie schloss die Augen wieder. Später hörte sie, wie Türen geöffnet und geschlossen wurden, Schritte im Flur, Stimmen. Geschirr klapperte, sie öffnete die Augen. Es blendete. Eine Schublade wurde zugeworfen. Jemand lachte. Es roch nach Tomatensoße. Sie richtete sich langsam auf, stieg aus dem Bett. Sie hatte ein dumpfes Gefühl im Kopf, aber keine Schmerzen mehr. Sie ging ins Badezimmer. Als sie wieder herauskam, stand sie still und lauschte. Luca war mit Alain und Jonas unten in der Küche. Sie ging zu seinem Zimmer, öffnete die Tür. Der Geruch von Schweiß und Rasierwasser schlug ihr entgegen und etwas, das nach Gummibärchen roch. Sie trat ins Zimmer, unterdrückte den Impuls, das Fenster aufzureißen. Auf Lucas Schreibtisch drei Laptops aufgereiht, zwei Hocker davor, Kleider am Boden, eine leere Popcorntüte. Lucas Krücke in der Ecke, drei leere Energydrinkdosen in einem Plastiksack. Auf dem Bett eine halbvolle Packung mit Pommes Chips, die zerknüllte Decke von Popcorn übersät. Sie hob die Decke ein wenig, um die Krümel besser einsammeln zu können. Da lag ein Ordner, aufgeschlagen. »›Es würde mir das Herz brechen‹«, las sie. Die Zeile war mit Leuchtstift angestrichen. Der Zeitungsartikel von heute Morgen in der Onlineausgabe, ausgedruckt und zuoberst eingeheftet. Ihr Herz schlug im Hals, als sie weiterblätterte. Artikel um Artikel, Kommentare, Leserbriefe. Sie schloss den Ordner und schob ihn unter den Arm, zupfte die Decke zurecht, verteilte die Popcornkrümel neu. Unten schienen sie beim Essen zu sitzen, sie hörte Besteck klirren und tiefe Stimmen ab und zu. Sie schlich aus dem Zimmer, zog leise die Tür hinter sich zu. Ihr Herz raste noch immer. Sie ging schnell in ihr Zimmer, legte den Ordner in ihre Tasche, hängte sie um, nahm Jacke und Handy, eilte die Treppe hinunter. Ich gehe einkaufen, rief sie Richtung Küche, Tschüss! Adieu Frau Gerber. Alain und Jonas im Chor. Sie ging das Sträßchen hoch, das zu den Feldern und Wäldern führte. Die Sitzbank auf der Anhöhe war besetzt. Sie hetzte weiter, zog den Ordner im Gehen aus der Tasche, aber so konnte sie nichts lesen. Sie rannte, gelangte außer Atem zum großen Stein, auf den sie sich setzen konnte. Sie blätterte im Ordner vor und zurück. Ihr erster Eindruck bestätigte sich. Hier waren Berichte und Kommentare aus dem Internet versammelt, die alle dasselbe Thema hatten: den Fall L.G. Sie hielt bei einem Artikel inne.

JA!!!!, las sie, von Hand an den Rand geschrieben, zwei krakelige Buchstaben mit dicken Ausrufezeichen. Der Text daneben war mit Leuchtstift versehen.

»Den Behörden wirft der zweifache Familienvater vor, ihn als Bauernopfer auserkoren zu haben. Jetzt müsse er den Kopf hinhalten. ›Ist es gerecht, wenn einer von elf herausgegriffen und bestraft wird?‹ Die Psychologin und Trauma-Expertin Mathilde Gafner unterstützt den Unternehmer: ›Das Strafrecht kann das Problem nicht lösen.‹«

WAS DAN?????, entzifferte sie am Rand.

»›Stattdessen sollten vermehrt Kurse zu Zivilcourage angeboten werden. Mut ist lernbar‹, argumentiert sie.«

HAHAHAHA

Sie klappte den Ordner zu. Lies das alles nicht mehr, hatte Jan immer gesagt, wenn Medienberichte erschienen, hör nicht hin. Du musst dich schützen. Und was macht Luca damit?, hatte sie gefragt. Er schaut weg, sagte Jan. Er schützt sich.

Sie öffnete den Ordner, sah wieder die vorderste Seite.

»›Es würde mir das Herz brechen.‹«

Neben dem Artikel von heute war das Bild der jungen Frau mit Pferdeschwanz und abgewandtem Profil nur noch zu erahnen unter hunderten von Strichen, blauschwarz ins Papier gebohrt, sodass es löchrig geworden war. Sie schloss den Ordner, schob ihn in die Tasche. Als sie sich erhob, fiel eine Karte zu Boden. Der Heilige Christophorus, nach vorne gebückt, das Christuskind auf der Schulter. Das Bild aus dem ersten Saal rechts im Kunstmuseum, das sie nie mehr besucht hatte. Sie drehte die Karte um.

AN Den VERRETTeR, stand rechts geschrieben, und auf der linken Seite: BESSeR SIE WErEN WEITER gElaufEN DAN WERE Ich ruHiG TOT

Rennend wählte sie die Anruftaste. Ein Hund kläffte. Sie stolperte, fing sich auf. An ihrem Ohr klingelte es ins Leere. Der Teilnehmer ist momentan nicht erreichbar. Etwas stach sie in die Seite, sie musste anhalten, durchatmen. Weiter, das Sträßchen hinunter, zur Siedlung. Luca?, rief sie, als sie die Haustür aufstieß. Luca? Stille. Die Plattform des Treppenlifts war im Erdgeschoss, Luca musste hier unten sein. Sie stellte die Tasche mit dem Ordner in die Garderobe, eilte durch den Flur. In der Küche glänzten Herd und Ablageflächen, Geschirr und Pfannen waren verräumt, der Esstisch war sauber, das Wohnzimmer leer. Luca? Sie rannte die Treppe hoch, zu seinem Zimmer, öffnete die Tür. Wieder der Geruch von vorhin, Schweiß, Rasierwasser, Gummibärchen und noch etwas dazu. Sie trat ein. Auf Lucas Schreibtisch sein Laptop, die Hocker in der Ecke. Hose und Pullover vom Boden gehoben und über den Kleiderständer gehängt, die Plastiktüte mit den leeren Energydrinks entfernt. Die Krücke fehlte. Auf dem Bett die Decke, in der Mitte gefaltet, glatt gestrichen. Keine Krümel. Ihr Herz raste, als sie die Treppe hinunterhetzte. Sie suchte ihr Handy, es war in der Jackentasche, zusammen mit der Karte vom Heiligen Christophorus. Keine Nachricht von Luca.

Wo bist du?, tippte sie. Bist du mit Alain und Jonas unterwegs? Ich mache mir Sorgen.

›Ich mache mir Sorgen‹ löschte sie wieder, sandte die Nachricht. Sie nahm Ordner und Karte und hastete die Treppe hoch in Lucas Zimmer. Ihr Handy vibrierte. Eine Nachricht von ihrer Mutter.

Mach dir keine Sorgen. Wir spazieren und sind in einer Stunde zurück.

Sie starrte auf das Display. Wir spazieren.

Du bist hier mit Luca?, schrieb sie dann.

Ja, ich wollte euch überraschen.

Sie setzte sich auf Lucas Bett. Ihre Mutter spazierte mit Luca. Liebe Vera, hatte sie vor Wochen geschrieben, wie geht es dir? Ich könnte für ein paar Tage vorbeikommen und euch unterstützen. Ach, hatte sie gedacht, jetzt plötzlich. Sie hatte ihre Mutter im Park gehen und Luca vor sich her stoßen sehen, die roten Haare leuchteten in der Sonne, sie redete und lachte laut, und Luca in seinem Kinderwagen lachte mit, und später, als sie schon lange in den Norden gezogen war, hatte er auf Frauen mit roten Haaren gezeigt und gerufen: Omala, Omala!

Sie hatte die Nachricht ihrer Mutter nicht beantwortet. Ich verstehe dich nicht, sagte Jan. Du hast dir doch immer gewünscht, dass sie sich um euch kümmert. Wieso lässt du es nicht zu?

Zu spät, hatte sie gesagt, und Jan setzte zum Reden an, schwieg dann aber.

Sie sah sich nochmals im Zimmer um. Ihre Mutter hatte aufgeräumt. Jetzt erkannte sie den Geruch wieder, der sie vorhin irritiert hatte. Das Parfüm ihrer Mutter. Sie hatte als Kind ihre liebste Puppe damit besprüht und ihre Nase in den wächsernen Haaren vergraben, wenn sie nachts auf die Mutter gewartet hatte, die harten Plastikglieder an sich gepresst.

Ihr Blick fiel auf den Ordner, daneben die Karte mit Lucas Schrift. DAN WERE Ich ruHiG TOT.

Wo seid ihr, tippte sie, ich komme auch.

Ihr Handy vibrierte.

Nicht nötig. Gönn dir doch eine freie Stunde. Wir genießen hier die Sonne.

Sie sprang vom Bett hoch, nahm Ordner und Karte an sich, wählte Jans Nummer auf dem Weg in ihr Zimmer. Der Teilnehmer ist momentan nicht erreichbar. Kannst du mich bitte anrufen, schrieb sie, dringend. Sie sank auf den Stuhl, erhob sich wieder, ging zur Kommode, legte den Ordner und die Karte in die Schublade. Was würde Luca sagen? Bestimmt hatte er bemerkt, dass der Ordner fehlte. Oder vielleicht nicht? Der Schmerz im Kopf setzte wieder ein, ein schneidender Klingelton dazu. Jan. Was ist los? Seine Stimme leicht ungeduldig. Luca, sagte sie, er hat eine Karte geschrieben. Sie versuchte, den Kloß in ihrem Hals zu schlucken. Vera, was ist passiert? Du musst nach Hause kommen. Vera, was ist mit Luca, ist ihm etwas passiert, wo ist er, wo bist du? Ich weiß es nicht, schluchzte sie, aber die Karte. Welche Karte, Vera, bitte, reiß dich zusammen. Die mit dem Heiligen Christophorus. Ja, ich weiß welche, sagte Jan, was ist damit? Er sagte noch etwas, aber jetzt sprach er mit jemandem im Hintergrund. Sie sah die Szene mit der Karte wieder vor sich.

Jan, wie er damals den Kopf geschüttelt hatte am Tisch, als sie Luca die Karte hinstreckte: Schau, Luca, das habe ich dir aus dem Museum gebracht. Luca hatte den Blick vom Teller gehoben, die Karte kurz angeschaut und dann weitergegessen. Später war Luca noch oben gegangen. Was soll der hier?, hatte Jan gefragt und mit dem Finger auf den Heiligen Christophorus getippt, der auf dem Tisch liegen geblieben war. Ich wollte Luca etwas Schönes mitbringen, sagte sie.

Jan schnaubte. Und da haust du ihm einen um die Ohren, der ein Kind rettet. Was denkst du, wie es Luca dabei geht? Er steckte sich eine Zigarette an, hob abwehrend die Hände, als sie etwas sagen wollte, und riss die Tür zum Garten auf. Ich wollte ihm doch nur das Gute zeigen, sagte sie und ging Jan hinterher in den Garten, dass es das auch noch gibt. Das Gute!, höhnte Jan, was du nicht sagst. Ich weiß, was du willst: Du willst Luca mit deiner Wut auf Matter anstecken, weil du es nicht erträgst, allein damit zu sein. Aber, sagte sie. Lass ihn um Herrgotts willen in Ruhe damit!, hatte Jan geschrien, seine Zigarette auf dem Sitzplatz ausgetreten und später die Haustür hinter sich zufallen lassen. Sie hatte sich ins Bett gelegt. Von der Karte war nie mehr die Rede, vom Tisch war sie verschwunden.

Bist du noch dran, Vera? Jans Worte klangen nun wieder deutlich an ihrem Ohr. Was ist mit Luca passiert? Ich weiß es nicht. Wo ist er? Mit meiner Mutter im Park. Es klingelte unten an der Haustür. Sie erhob sich, ging zur Treppe, stieg ein paar Stufen hinunter. Vor der Glastür sah sie die Füße von Luca, auf dem Stützbrett des Rollstuhls platziert. Luca ist hier, sagte sie ins Telefon.

Jan sprach wieder mit jemandem. Bis später, sagte er jetzt hastig, ich bin in einer Stunde zu Hause.

Hallo Vera!, hörte sie ihre Mutter rufen. Die Tür war schon offen, Luca wurde hineingeschoben. Sie ging hinunter. Die grellrot gefärbten Haare ihrer Mutter, darunter ein Gesicht mit mehr Falten, als sie in Erinnerung hatte. Sie schaute zu Luca, in seinen Augen ein Aufflackern rund um die Pupillen, als sich ihre Blicke kreuzten. Luca ist zwei Runden im Park spaziert, sehr gut hat er das gemacht. Luca rollte an ihr vorbei zum Treppenlift. Sie roch den vertrauten Parfümduft, spürte eine kühle Wange an ihrem Gesicht. Entschuldige bitte den Überfall, ich habe mir Sorgen gemacht. Wie geht es dir? Der Motor des Treppenlifts startete. Hallo Inge, sagte sie und nahm ihrer Mutter die Jacke ab, möchtest du einen Tee? Sie führte sie ins Wohnzimmer und setzte in der Küche Wasser auf, richtete Kekse und Früchte. Ist das Sofa neu?, hörte sie ihre Mutter rufen. Wie schön ihr es habt! So viele Tulpen. Wollen wir uns nicht nach draußen setzen?

Sie brachte den Tee in den Garten und schaute zu Lucas Fenster hoch. Es war geschlossen. Wie war es mit Luca?, fragte sie. Ich bewundere ihn, sagte ihre Mutter, seine Anstrengung, seinen Willen. Zwei Runden hat er sich an seiner Krücke vorwärtsgequält. Das sagtest du schon, sagte sie, und sonst? Hat er mit dir gesprochen? Nur ein paar Worte. Die Mutter kramte in der Handtasche. Dann hat es ihn zu stark angestrengt, wir haben auf das Handy gewechselt. Wie gut er sich damit schon ausdrücken kann, das war vor ein paar Wochen noch ganz anders. Ihr habt Kontakt?, fragte sie verblüfft. Ab und zu. Die Mutter zündete sich eine Zigarette an. Und wie geht es dir, Vera? Ihre Kehle war plötzlich eng, sie konnte nur nicken und dem Rauch nachschauen. Wäre ein Heim nicht doch besser?, hörte sie ihre Mutter sagen. Eine Meise zwitscherte hinter ihnen, ein Flugzeug donnerte über sie hinweg und verschwand im Himmel. Sie sah ihrer Mutter zu, die eine Sonnenbrille aufsetzte, die Zigarette im Aschenbecher ausdrückte und das Handy hervorholte, um Bilder von ihrem Haus zu zeigen.

Wäre ein Heim nicht doch besser, hallte es in ihr nach, als sie später die Teekanne ausspülte. Sie roch noch immer das Parfüm auf ihrem Gesicht. Morgen komme ich wieder, hatte die Mutter gesagt, bevor sie zu ihren Bekannten in die

Stadt zurückgefahren war. Luca und ich wollen spielen.

Sie stellte die Teekanne und die Tassen in den Schrank, stieg die Treppe hoch. An Lucas Tür verharrte sie kurz, klopfte dann, trat ein. Luca lag mit geschlossenen Augen in die Kissen gebettet, der Kopfhörer war leicht verrutscht, die Fernbedienung aus der Hand geglitten. Sie ging näher. Seine Brust hob und senkte sich. Sachte streifte sie ihm den Kopfhörer ab, legte ihn auf das Regal neben dem Bett, fuhr die Playstation hinunter. Seine Wange war rau und stoppelig unter ihren Fingern, die strähnigen Haare feucht an den Schläfen. Sie zuckte zusammen, als sie Schritte hinter sich hörte. Jan war ins Zimmer getreten, sie legte den Zeigefinger auf den Mund und machte einen Schritt zur Seite, damit er neben sie ans Bett stehen konnte. Sie schauten Luca beim Schlafen zu, gingen dann auf Zehenspitzen hinaus und schlossen die Tür hinter sich. Auf dem Weg zur Treppe fasste sie nach Jans Hand. Er zog sie weg, blieb stehen. Was war das vorhin, sagte er, viel zu laut, sie legte den Zeigefinger auf den Mund: Psst, Luca schläft doch. Wozu dieses Theater, wegen einer Karte? Er stampfte die Treppe hinunter, durch den Flur Richtung Wohnzimmer. Warum musste ich schon wieder nach Hause rennen, für nichts?, rief er, die Stimme heiser vor Wut. Sie erwachte aus ihrer Starre, ging in ihr Zimmer, öffnete die Schublade, griff nach dem Ordner und der Karte. Unten schrie jemand. Es war Jan. Sie hörte ihn über den Flur zurückrennen, die Treppe hinaufkeuchen. Was ist das? Sie fuhr herum, ließ Ordner und Karte fallen. Er stand in der Tür, streckte ihr ein aufgeschlagenes Fotoalbum mit zusammengeklebten Bildern entgegen. Es tut mir leid, flüsterte sie. Warum tust du das?, schrie er. Sie klammerte sich an die Schublade. Warum?, brüllte er und trat einen Schritt auf sie zu. Sie wich zurück. Du zerstörst alles! Er blätterte das Album so heftig durch, dass die Seiten rissen. Schau nur!, schrie er und warf ihr Fotofetzen vor die Füße. Alles kaputt, alles kaputt! Er hob das Album hoch über sich und trat auf sie zu. Sie schrie, prallte gegen die Wand hinter ihr. Er ließ das Buch fallen, rammte seinen Kopf in die Wand. Taumelte, sank in die Knie, schlug auf dem Boden auf. Blut tropfte ihm von der Stirn. Panisch sah sie sich um. Raffte die Kissen und ihr Nachthemd vom

Bett, legte ihm den Stoff auf die Stirn, gegen das viele Blut. Er stöhnte. Sie versuchte, ihm ein Kissen unter den Kopf zu legen. Er war so schwer. Hilfe!, rief sie. Hilfe! Ein Geräusch von der Tür her, sie sah hoch. Luca stand an den Rahmen gelehnt, die Krücke an der Wand vor ihm, in der Linken das Handy am Ohr. Oberdorfstraße fünf, sagte er. Ja. Danke. Er beendete den Anruf, ließ den Arm sinken. Sein Gesicht sah sie jetzt kurz im Licht, als er sich vorbeugte, um nach der Krücke zu fassen. Etwas glänzte auf seiner Wange. Er humpelte über den Flur zurück zu seinem Zimmer, sie konnte die Krücke hören und das Geräusch, wenn er das Bein nachzog. Jan stöhnte wieder, versuchte, sich aufzurichten. Warte, flüsterte sie, Hilfe kommt. Das Nachthemd war blutdurchtränkt. Sie erhob sich, taumelte ins Badezimmer, füllte einen Becher mit Wasser. Sie hörte Lucas Rollstuhl vorbeirollen. Sie nahm ein Handtuch und spülte es mit kaltem Wasser, wrang es aus. Als sie wieder ins Zimmer trat, war Luca dort. Jan hatte sich etwas aufgerichtet, seine Finger um das Rollstuhlrad geklammert, von Lucas linker Hand unterstützt. Auf seiner Stirn klebte ein Papiertaschentuch. Sie trat hinzu, half

Jan, sich so hinzusetzen, dass er an die Wand lehnen konnte, die Kissen im Rücken. Er war sehr blass. Sie hielt ihm den Becher mit Wasser an die Lippen, er trank. Ich will fort. Lucas Stimme in ihrem Rücken, laut und deutlich. Sie setzte den Becher ab. Horchte den Worten nach, als Luca schon längst aus dem Zimmer gerollt war. Ich will fort. Draußen im Flur wurde der Motor des Treppenlifts gestartet. Es klingelte. Sie stemmte sich vom Boden hoch, ging zur Treppe. Luca war unten angekommen. Er rollte von der Plattform zum Eingang, senkte die Falle und schob den Rollstuhl nach hinten, damit er die Tür öffnen konnte.

Juni 2014

Sonderausstellung oder Sammlung? Sammlung. Sie bezahlten, gingen zu den Garderobeschränken, schlossen ihre Taschen ein. Nickten dem Mann zu, der ihren Ticketcode mit einem Gerät einlas, stiegen die breite Treppe hoch. Ihre Schritte hallten, als sie das Foyer im ersten Geschoss durchquerten. Sie wollte in den ersten Saal rechts gehen, aber ihre Mutter zog sie am Ärmel weiter. Komm, wir machen die andere Runde. Sie gingen die Raumfluchten entlang, an Früchten und toten Tieren vorbei, und ihre Mutter blieb bei jedem Bild stehen: Schau, wie schön. Sie nickte und ging voraus in den nächsten Raum, um sich auf der Bank ein wenig auszuruhen. Ich gehe kurz eine rauchen, sagte ihre Mutter, als sie die Runde beendet hatten und wieder ins steinerne Foyer traten. Wartest du hier? Sie setzte sich in den großen Sessel, hörte die Schritte ihrer Mutter auf den Steinstufen verklingen. Sie holte ihr Handy aus der Hosentasche.

Keine neue Nachricht. Ein helles Lachen hallte durch das Foyer. Sie schaute hoch. Vor dem Bild mit Maler und Palette stand ein junges Mädchen. Der blonde Pferdeschwanz baumelte hin und her, während es sich vor Lachen schüttelte. Mit den Händen umfasste es die Griffe eines Rollstuhls. Ihr Herz schlug heftig. Sie setzte sich auf die Kante des Sessels, versuchte, am Rücken des Mädchens vorbei die Person im Rollstuhl zu erkennen. Vergeblich, das Mädchen verdeckte die Sicht. Jetzt zeigte es auf das Bild und lachte wieder. Die Räder des Rollstuhls waren ihr fremd. Aber vielleicht fuhr Luca einen neuen Rollstuhl. Sie hatte ihn schon so lange nicht mehr gesehen. Es würde Ihren Sohn bei der Integration unterstützen, Frau Gerber, hatte der Mann gesagt. Etwas Distanz kann Sie alle entlasten. Als sie später Luca besuchen wollte, hatte der Mann nicht zurückgerufen und ihr später eine E-Mail geschrieben.

»Sehr geehrte Frau Gerber, vielen Dank für Ihre Nachfrage. Luca integriert sich gut in den Tagesablauf hier bei uns, isst mit Appetit und beginnt, sich in moderatem Maß an den gemeinschaftlichen Aktivitäten zu beteiligen. Die

Medikamente verabreichen wir ihm in einer Dosierung, die für seine Psyche unterstützend wirkt. Es ist menschlich nachvollziehbar, dass Sie Luca gerne besuchen möchten. Wir bitten Sie aber nach wie vor um Verständnis dafür, dass es Lucas Genesungsprozess förderlich ist, wenn er vorerst keinen Besuch empfängt.«

Sie ließ das Mädchen nicht aus den Augen. Es schob den Rollstuhl weiter, weg vom Foyer hin zu den Sälen. Die Person im Rollstuhl hatte sie nur flüchtig gesehen. Aber das junge Mädchen war Sara, sie kannte das Profil. Sie erhob sich, ihre Knie zitterten ein wenig, als sie bis zum Bild ging und dann nach rechts, dem wippenden Pferdeschwanz hinterher. Der Rollstuhl war weiter vorne stehen geblieben. Sara und Luca. Mit erhobener Hand zeigte er auf das Bild mit den Meerjungfrauen. Bereits als Kind war er hier stehen geblieben und hatte über die kleine Nixe gelacht, die sich vergnügt von Wellen tragen ließ.

Vera! Jemand packte sie am Arm. Es war ihre Mutter, die nach Rauch stank. Psst, zischte sie, da vorne ist Luca. Vera, komm, wir schauen noch die anderen Bilder an. Sie entwand sich dem Griff, hastete den beiden hinterher. Als sie den

Saal betrat, standen sie dort mit dem Rücken zu ihr. Hallo Luca, sagte sie und trat zum Rollstuhl. Ein verrunzeltes Gesicht hob sich ihr entgegen, hellblaue Augen hinter Brillengläsern. Komm, Vera, hörte sie jemanden sagen. Entschuldigen Sie bitte, sagte die Mutter und führte sie aus dem Saal. Unter der Tür wandte sie sich nochmals um, aber der Rollstuhl war schon weg.

Magst du noch weiterschauen?, fragte ihre Mutter. Sie schüttelte den Kopf. Sie holten die Taschen in der Garderobe und gingen über den Hof. Kommst du morgen auch?, fragte sie und sah zur Mutter, die ihren Arm noch immer hielt. Natürlich, überlege dir, was du gerne tun möchtest. Aber morgen findet doch die Verhandlung statt, sagte sie. Sie sah auf die knochige Hand ihrer Mutter, die ihren Arm tätschelte, und als sie in der Straßenbahn saßen, lag die Hand mit den vielen braunen Flecken noch immer dort.

Zur Autorin

Sandra Hughes, geboren 1966, wuchs in Luzern auf. Sie studierte Kunstwissenschaft und arbeitet heute in der Abteilung Kultur Basel-Stadt. Bisher erschienen die Romane *Lee Gustavo* (2006), *Maus im Kopf* (2009) und *Zimmer 307* (2012, Dörlemann). Sandra Hughes erhielt 2013 den Kulturpreis des Kantons Basel-Landschaft in der Sparte Literatur. Sie lebt mit ihrer Familie in Allschwil bei Basel.

Zum Buch

Vera Gerber fällt aus ihrer heilen Kleinfamilien-Welt: Ihr fünfzehnjähriger Sohn Luca bricht beim Bankomaten zusammen und bleibt liegen. Er wollte Geld für seine erste Reise ohne Eltern holen. Zehn Personen gehen an dem Jungen vorbei, die elfte ruft nach einer Stunde die Polizei. Später wird ein Hirnschlag diagnostiziert, der Jugendliche ist halbseitig gelähmt und redet nicht mehr.

In knapper, eindringlicher Sprache erzählt der Roman, dem eine wahre Zeitungsmeldung zugrunde liegt, wie eine Sekunde alles verändert. Sandra Hughes spürt dem Schmerz der Mutter und ihrer Wut nach und zeigt die Suche der Familie nach einem neuen Gleichgewicht.